奎文萃珍

毛詩名物圖説

[清] 徐鼎 纂

文物出版社

圖書在版編目（CIP）數據

毛詩名物圖説 / (清) 徐鼎纂. -- 北京 : 文物出版社, 2023.1
（奎文萃珍 / 鄧占平主編）
ISBN 978-7-5010-7479-2

Ⅰ. ①毛… Ⅱ. ①徐… Ⅲ. ①《詩經》－詩歌研究 Ⅳ. ①I207.222

中國版本圖書館CIP數據核字(2022)第047336號

奎文萃珍
毛詩名物圖説 〔清〕徐鼎 纂

主　　編：鄧占平
策　　劃：尚論聰　楊麗麗
責任編輯：李子裔
責任印製：王　芳

出版發行：文物出版社
社　　址：北京市東城區東直門内北小街2號樓
郵　　編：100007
網　　址：http://www.wenwu.com
經　　銷：新華書店
印　　刷：藝堂印刷（天津）有限公司
開　　本：710mm × 1000mm　1/16
印　　張：18.25
版　　次：2023年1月第1版
印　　次：2023年1月第1次印刷
書　　號：ISBN 978-7-5010-7479-2
定　　價：120.00圓

序言

《毛詩名物圖説》九卷，是清代學者徐鼎編纂的一部有關《詩經》名物的圖解之作。原刻爲清乾隆三十六年（一七七一）刻本。

《毛詩》指西漢時魯國毛亨和趙國毛萇所輯注的古文《詩》，即今傳世的《詩經》版本。徐鼎（生卒年不詳），字峙東，號雪樵散人。吴縣（今江蘇蘇州）人。優貢生。聰敏好學，詩文書畫俱佳，書學山谷（宋黄庭堅），詩宗唐人。其畫山水，初學謝淞州，後宗沈石田。著有《露雲館詩文集》《毛詩名物圖説》等。

《詩經》名物圖説之作，在徐鼎之前，有唐代程修己《毛詩草木蟲魚圖》《毛詩物象圖》，均失傳。《毛詩名物圖説》爲徐鼎歷時二十年完成。其有感于讀《詩》『不辨其象，何由知物；不審其名，何由知義』，于是搜羅典籍，又訪諸『釣叟、村農、樵夫、獵户』以及『輿臺皂隸』等，而後繪寫成書。全書共有九卷，按照鳥、獸、蟲、魚、草、木的順序加以編排，計鳥類三十八種，獸類二十九種，蟲類二十七種，魚類十九種（内含爬行動物五種，貝類一種），草類八十八種（卷五『草上』缺目録），木類五十四種。每種名物獨立成篇，置圖于上而注釋于下，其同物异名，無圖而有説，同名异物者，各分圖説，圖共二百五十五幅，爲徐鼎自繪。注釋則參酌諸家，附以己説。其考證謹嚴，辨析精細，序云：『异同者一之，窒礙者通之，煩碎者削之，謬訛者正之，穿鑿傅會者汰之，止欲于物辨其名，于名求其義，得詩人取托咏之旨而後安。』傳世的《詩經》名物圖説著作，以此爲最早。

此據北京師範大學圖書館藏清乾隆三十六年原刻本影印。

編者

二〇二二年七月

毛詩名物圖說序

古者龍馬負圖虙犧則之以畫八卦圖之所繇昉也以故六經莫不有圖而仰觀天文俯察地理下及飛潛動植百千萬狀靡不具舉者莫詩若矣大學曰致知在格物論語曰多識鳥獸草木之名有物迺有名有象迺知物有以名名之即可以象像之詩人比興類取其義如關雎之淑女鹿鳴之嘉賓常棣之兄弟蔦蘿之親戚螽斯之子孫嘉魚之燕樂不辨其象何由知物不

審其名何由知義若株守一隅之見東嚮而望不見西墻當前者失之而欲求詩人類取之旨罕矣更何暇究星辰嶽瀆禮樂車旂之大者哉唐文宗命程修己倣晉衛協定夲重圖物象復命詞臣作艸木蟲魚圖卒不行世罔所攷據先後詁訓家雅俗各殊弗多遺漏即失支離又安足恠先君子以經書遺子易簀命之曰頋爾曹作通儒足矣時年幼謹佩之弗忘長舅敬菴研窮易理多所闡明裒然成集矣余丁束髮時允

授呂毛詩三百篇輒遇耳目聞見之物忻然有所淂廼歎博考名物蔓羅典籍徃来書肆不憚煩不揆檮昧編而輯之閱二十年矣尤恐於格致多識之説未精詳也凡釣叟邨農樵夫獵户下至輿臺皁隷有所聞必加試驗而后圖寫即分註釋於下異同者一之窒礙者通之煩碎者削之謬訛者正之穿鑿傅會者汰之止歎於物辨其名於名求其義得詩人類取託詠之旨而后安比年来家居教授從游者衆頼諸子相與

贊成時余在中丞幕府叅居講席與同學究經義出示斯編則見卷首有歸愚沈師手書名物一書傳世之學數語即首肯曰先生何不壽諸梨棗以公同好嗣又為坊間請梓因分為九卷標之曰名物圖說其他禮樂冠裳車旂諸圖後續梓行先之鳥獸蟲魚艸木者猶詩之始國風而終雅頌也歟但聞見單淺詎無挂漏願質諸博物君子爰以五百九十八言弁諸簡首時

乾隆辛卯子月朔吳中徐鼎序清德堂之西齋

毛詩名物圖說發凡

一詩之為教自興觀羣怨君父外而終之以多識鳥獸草木之名顧不辨名胡知是義不見物胡知是名圖說二者相為經緯古人左圖右書良有以也茲編所輯寘圖於上分列注釋於下

一集中有一物重出者不復圖說有同物異名者如葛覃黃鳥東山言倉庚周南螽斯七月言斯螽無圖而有說即附其末有同

名異物者如鵲巢之鳩為鴶鵴鳲之鳩為鶻鵃將仲子之杞為杞柳南山有杞在彼杞棘為梓杞集于苞杞言采其杞隰有杞桋為枸檵與澤陂之蒲為蒲屮入草類不流束蒲為蒲柳入木類各分圖說

一物狀難辨者繪圖以別之名號難識者會說以參之爰據山經暨唐宋本草有或未備考州郡縣志諏之土人凡期信今傳後云

一齊魯韓詩既亡毛傳孤行自漢唐諸子分道揚鑣洎乎紫陽會粹羣言茲編博引經傳子史外有闡明經義者悉捃拾其辭他若纖緯諸書槩寘不録

一貉不踰汶鸜鵒不踰濟狐不渡江而南橘不越江而非地氣使然也先儒生長其間各陳方土之言不少異同之説余釐訂采詩之地裒之土音正其譌闕其疑用愚按以備參攷

一昌黎有云句讀之不知惑之不解故集中詳列其書其氏俾讀者知所淵源用大字表章之若說中更引其書其氏仍依小註聯貫之則部分班列便於觀覽成誦

一典冊浩汗古今體異字蹟相沿不無謬譌如舄三寫而為烏焉三寫而為帝故詳加按讐以期畫一

毛詩名物圖說總目

毛詩名物圖説卷一

吳中徐　鼎實夫輯

鳥

雎鳩

周南 關雎

爾雅釋鳥雎鳩王雎郭璞註鵰類今江東呼之爲鶚好在江渚山邊食魚師曠禽經魚鷹也亦曰白鷢亦名白鷕陸璣草木蟲魚疏雎鳩大小如鴟深目目上骨露幽州人謂之鷲楊雄許慎皆曰白鷢似鷹尾上白徐鉉曰雎鳩常在河洲之上爲儔偶更不移處嚴粲詩緝左傳郯子五鳩備見詩經祝鳩氏司徒鵻鳩也四牡嘉魚之鵻是也雎鳩氏司馬關雎之鳩是也鳲鳩氏司空布穀也曹風之鳲鳩是也爽鳩氏司寇大明之鷹是也鶻鳩氏司事鷽鳩也非斑鳩小宛之鳴鳩祇食桑葚之鳩是也杜預左傳注雎鳩摯而有別故爲司馬主法則愚按毛傳摯而有別列女傳云未見乘居而匹處蓋生有定偶交則雙翔別則異處好在洲渚其色黃其目深云鵰類如鴟似鷹者皆謂摯鳥摯鳥之性不淫取以方淑女之德又據通志云

黃鳥

葛覃

倉庚同

梟類多在水邊尾有一點白故楊雄謂白鷢但白鷢似鷹而非梟釋鳥鵻鳩王鵻楊鳥白鷢各一種朱傳亦云水鳥狀類梟鷢若錢氏詩詁為杜鵑或謂似鶩鶩者並謬

爾雅皇黃鳥倉庚商庚鵹黃楚雀倉庚鵹黃也陸璣詩疏黃鳥黃鸝留也或謂之黃栗留幽州人謂之黃鸎一名倉庚一名商庚一名鵹黃一名楚雀太平御覽睍睆黃鳥載好其音格物總論鸎黑尾嘴尖紅脚青遍身甘草黃色羽及尾有黑毛相間三四月鳴聲音圓滑愚按黃鳥不一名五方異語耳月令仲春之月倉庚鳴里語黃栗留看我麥黃葚熟是應節趨時之鳥黍登而聲伏故名搏黍又性好雙飛故羅願云鸝字从麗鸝必匹飛而東山詩所以興之子于歸焉伐木鳥鳴嚶嚶禽經作鸎鳴嚶嚶其聲嚶嚶故名然

鵲

召南 鵲巢

則豳風倉庚伐木鳥嚶即是黃鳥不復圖說下凡倣此

禮月令季冬之月鵲始巢周書小寒之日雁北鄉又五日鵲始巢禽經鵲以音感而孕又鵲鳴唶唶淮南子鵲識歲之多風去喬木而巢扶枝又云太陰所建鵲巢向而爲戶陸賈曰乾鵲噪而行人至羅願爾雅翼鵲巢水大則高水小則卑傳枝而生子春二月有乳鵲矣已而舍去他鳥居之故召南稱鳩居鵲巢今鳥之類亦逐鵲而居其巢陸佃埤雅鵲知人喜作巢取在木杪枝不取墮地者皆傳枝受卵故一曰乾鵲莊子云乾鵲孺以傳枝少欲故曰孺也博物志云鵲背太歲也先儒以爲鵲巢居而知風蟻穴居而知雨愚按鵲巢背太歲向太乙北方喜鴉惡鵲南方惡鴉喜鵲不能高飛故爾雅鵲鵙醜其飛也翪註云竦翅

鳩

鳲鳩同

上下而已

毛傳鳩鳲鳩秸鞠也爾雅鳲鳩鴶鵴郭璞註今之布穀也江東呼爲穫穀邢昺疏左傳鳲鳩氏司空詩維鳩居之皆謂此也方言云戴勝謝氏云布穀類也陸璣云今梁宋之開謂布穀爲鴶鵴一名擊穀案戴勝自生穴中不巢生而方言云戴勝非也禽經鳩拙而安註云鳲鳩也埤雅今之布穀江東呼爲郭公不自爲巢居鵲之成巢有均一之德蓄其哺子朝自上而下暮自下而上均也其子在梅在棘在榛而已則常在乎桑者一也愚按形如斑鳩而大毛雜黃色鳴時正值播穀故名布穀里語云阿公阿婆割麥插禾脫御破袴因其鳴時爲農候故耳曹風鳲鳩即此鳩也

雀

行露

許慎說文雀依人小鳥**崔豹古今註**雀一名嘉賓言棲宿人家如賓客**禽經**雀交不一雉交不再**埤雅**雀賦云頭如顆蒜目如擘椒雀物之淫者鼠物之貪竊者故詩言雀角鼠牙以譬强暴又禽經云雀以猜瞿今雀俛而啄仰而四顧所謂瞿也**雅翼**雀小隹其小者黃口貪食易捕老者黠難取號爲賓雀性極多欲字通於爵飲器以爲名象雀之形取其鳴節節足足也**愚按**本草一名瓦雀言其宿簷瓦間也毛斑嘴黑尾長二寸許爪距黃白色跳躍不步其視驚瞿其目夜盲俗呼老而斑者麻雀小而黃口者黃雀小鳥短尾故字从小从隹雀無角故箋云雀之穿屋不以角乃以咮

燕

邶　燕燕

玄鳥　商

爾雅燕燕鳦郭璞註一名玄鳥齊人呼鳦邢昺疏燕即今之燕古人重言之詩燕燕于飛漢書童謠燕燕尾涎涎是也月令仲春玄鳥至仲秋玄鳥歸左傳少皡氏鳥師而鳥名玄鳥氏司分者也禽經燕以狂貯陶隱居本草注燕有兩種紫胸輕小者越燕有斑黑而聲大者胡燕胡燕作窠長能容二疋絹者令人家富埤雅燕籥口布翅枝尾曰天命玄鳥降而生商言簡狄吞其卵而生契也曰差池其羽言其羽相與差池頡之頏之言其飛一上而一下下上其音言其鳴一下而一上禽經鳥向飛背棲燕背飛向宿背飛頡頏是也愚按燕字篆文象形鳦其鳴自呼也玄其色也越燕營巢上向胡燕營巢旁向舊說來去皆避社又戊巳日不啣土

雉

雄雉

韓詩章句雉耿介之鳥郭璞註爾雅曰鷂雉青質五彩鷮雉卽鷮雞也長尾走且鳴鳪雉黃色鳴自呼鷩雉似山雞而小冠背毛黃腹下赤項綠色鮮明秩秩海雉如雉而黑在海中山上鸐山雉長尾者翰雉鵫雉今白鵫也江東呼白翰亦名白雉雉絶有力奮最健鬬伊洛而南素質五彩皆備成章曰翬翬亦雉屬言其毛色光鮮江淮而南青質五彩皆備成章曰鷂卽鷂雉也南方曰𠷎東方曰鶅北方曰鵗西方曰鷷說四方雉之名埤雅易曰離爲雉離火也其體文明性復猋悍故爲雉亦雉雖非辰屬而正是南方之物陶氏所謂丙午日不可食者明王於火也宋齊邱化書雉不可介倍也愚按雉俗呼爲野雞其名昉于漢爲以呂太后名雉故易名爲野雞性好鬭飛若矢一往而墮故字从矢不能遠飛崇不過丈修不過三丈

雉

匏有苦葉

所謂雉高一丈長三丈也斯干云如翬斯飛翬雉也鄭箋云伊洛而南素質五色皆備成章曰翬尚書謂之華蟲曲禮謂之疏趾

孔穎達正義雉鳴求其牡則非雄雉故知鷕雌雉聲也又小弁云雉之朝雊尚求其雌則雄雉之鳴曰雊也**張華博物志**雉長尾而雪惜其尾棲高樹杪不下食餓死**愚按**上雉是雄此雉是雌雄雉有冠善鬥文采而尾長雌雉無冠鷕鳴文膺而尾短其卵褐色卵時雌避其雄而潛伏之不則雄食其卵也飛曰雌雄走曰牝牡求其雌滛也更求其牡亂也

雁

鴻同

夏小正正月雁北鄉九月遰鴻雁禹貢陽鳥攸居禽經鴈以水言自北而南鶾以山言自南而北張華注鴈鶾並音雁冬則適南集于水干故字从干春則向北集于山岸故字从岸小曰雁大曰鴻多集江渚故字从江春秋繁露凡贄大夫用雁有類長者在民上必有先後雁有行列故以為贄士昏禮下達納采用雁執雁請問名納吉用雁請期用雁註用雁為贄者取其順陰陽往來愚按雁去來以時避寒就溫北不踰瀚海南不踰衡山雁有四德寒則南熱則北信也飛則有序前鳴後和禮也失偶不再匹節也夜則羣宿一雁巡防飛則啣蘆以避矰繳智也昏禮用雁鄭箋云以雁隨陽而處似婦人從夫程子明道云以其不再偶鴻雁大畧相類博物志云雁色蒼而鴻色白惟此稍異耳

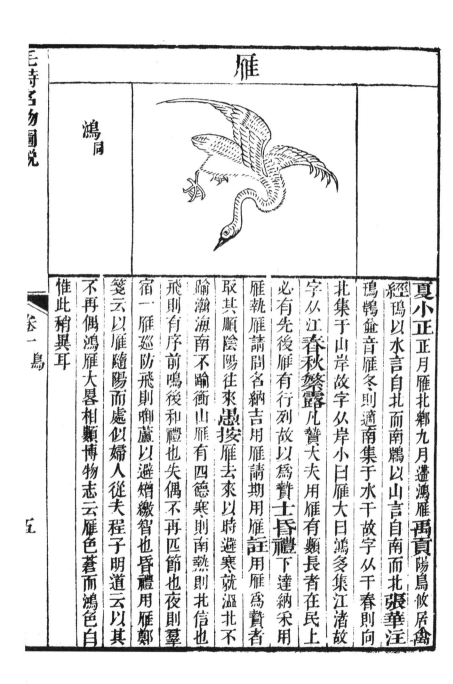

流離

旄邱

毛傳瑣尾少好之貌流離鳥也少好長醜爾雅鳥少美長醜爲鶹鷅郭璞註鶹鷅猶流離詩所謂流離之子陸璣疏流離梟也自關而西謂梟爲流離其子適長大還食其母故張奐云鶹鷅食母許慎云梟不孝鳥是也埤雅梟食母破獍食父故日至捕梟磔之字从鳥頭在木上扎山錄曰鳥反哺梟反噬愚按朱子集傳云流離漂散也流離瑣尾若此可憐以况黎君臣久寓於衛之苦而漢唐諸儒皆訓流離爲鳥名正義曰流與鶹蓋古今之字爾雅離或作栗又云少而美好長即醜惡以興衛之諸臣始而愉樂終以微弱蓋說詩者多宗毛傳似有確據不得以朱傳而少之

烏

邶風

埤雅烏體全黑一名鴉其名自呼淮南子云烏之啞啞鵲之唶唶詩曰莫黑匪烏以況衞之君臣其惡如一曰瞻烏爰止于誰之屋言富人之屋利之所在故烏集焉民之從祿將如此矣曰具曰予聖誰知烏之雌雄言幽王君臣俱自謂聖如烏之黑雌雄無以别也烏見異則噪今人聞噪則唾其凶也愚按純黑者謂烏即莫黑匪烏是也小而腹下白者謂雅烏爾雅云鸒斯鵯鶋郭璞云雅烏即小弁之鸒斯是也又有一種白脰烏即慈烏是反哺孝烏也以吳地所產驗之有此三種烏即今呼謂老鴉也

鶉

鄘

鶉之奔奔

張揖廣雅隹鶉鴽鵪埤雅鶉無常居而有常匹詩曰鶉之奔奔鵲之彊彊奔奔鬭也彊彊剛也言鶉能不亂其匹鵲能不淫其匹故序云衛人以爲宣姜鶉鵲之不若也曰不狩不獵胡瞻爾庭有縣鶉兮鶉小物也以言在位貪鄙小禽尙公之如此俗言此鳥性淳惷不越横草所遇小草横其前卽避名之曰淳跋此

愚按形如雞而小毛斑色短尾雄者足高雌者足卑其性畏寒其雄善鬭夜則羣飛晝則草伏人能以聲呼取之畜令鬭搏今吳中呼爲鵪鶉

鳩

衛　氓

爾雅鶌鳩鶻鵃孫炎注一名鳴鳩月令云鳴鳩拂其羽郭璞注似山鵲而小短尾青黑色多聲今江東亦呼爲鶻鵃某氏曰春秋傳云鶻鳩氏司事春來冬去

廣雅鶻鳩鷂鳩也埤雅鶻鳩性食桑葚然過則醉而傷其性故詩云于嗟鳩兮無食桑葚而序以爲刺淫佚也詩曰宛彼鳴鳩翰飛戾天言鳴鳩小物決起而飛搶榆枋時則不至而控於地而已矣此鳥喜朝鳴凡鳥朝鳴曰嘲夜鳴曰咬禽經云林鳥以朝嘲水鳥以夜咬今林棲多朝鳴水宿多夜叫咬音夜字見龍龕手鑑愚按邢昺疏云舊說皆云斑鳩非也盖斑鳩項有繡文斑然故曰斑鳩與此鶻鳩全異正義曰宛彼鳴鳩亦此鳩也爾雅鳩類非一知此是鶻鳩者以鶻鳩冬始去今秋見之以爲喻故知非餘鳩也東都賦云鶻嘲春鳴即此

雞

王

君子于役

說卦巽爲雞疏巽主號令雞知時故爲雞也韓詩外傳田饒云雞有五德頭戴冠者文也足傳距者武也敵在前敢鬬者勇也見食相呼者仁也守夜不失時者信也管輅列傳雞者兌之畜故太白揚輝則雞鳴古今註雞一名燭夜劉向曰雞者主司時起居人埤雅鹽鐵論曰雞廉狼吞雞跑而食之毎有所擇故曰小廉如雞爾雅曰雞大者蜀蜀子雞郭璞云雞大者蜀今蜀雞也雞有蜀魯荆越諸種越雞小蜀雞大魯雞又其大者說文云日在西方而鳥栖因以爲東西之西詩曰雞棲于塒日之夕矣言雞棲矣日于是夕夕于是月見故象半月未有蟾桂之狀曰雞鳴喈喈膠膠不已者言雞之信度如此君子不改其度之聲也愚按雞稽也能稽時也人家畜之夜羣鳴謂之荒雞黃昏獨啼謂之盜啼荒雞主不祥盜啼主火患

鳧

鄭　女曰雞鳴

爾雅鷉沈鳧**郭璞註**似鴨而小長尾背上有文今江東呼之爲鷉**李巡註**野曰鳧家曰鶩**陸璣疏**大小如鴨青色卑腳短喙水鳥之謹愿者也**埤雅**莊子曰鳧脛雖短續之則憂鶴脛雖長斷之則悲此言生理至足無欠無餘自長非所增自短非所損也詩曰弋鳧與雁蓋鳧雁常以晨飛故相警以夙興也**雅翼**陸龜蒙稱夜聞有聲類烈雨一夕數四明訊其甿曰鳧鷖也其曹蔽天而來必竭禾穗而去江南不能弋羅常藥而得之**愚按**楚辭云寧昂昂若千里之駒乎將汜汜若水中之鳧乎蓋鳧性沈没與波上下數百爲羣飛聲如風雨暴至今俗呼爲野鴨陣以其狀類鴨也

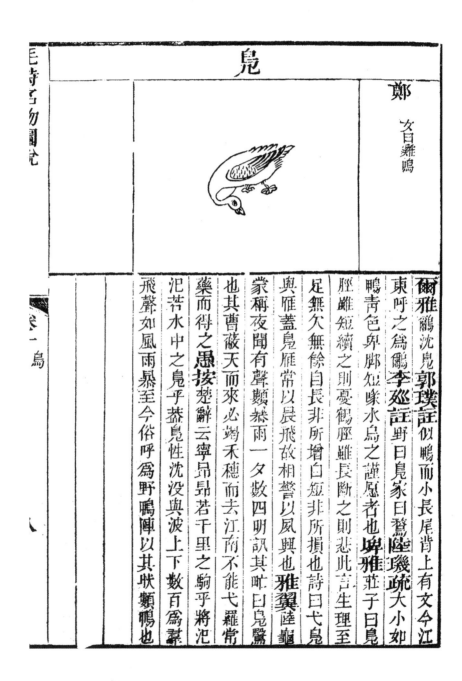

鴇

唐　鴇羽

毛傳鴇之性不樹止陸璣疏鴇鳥連蹄性不樹止樹止則爲苦郭璞曰鴇似雁無後趾毛有豹文一名獨豹酉陽雜俎鴇遇鷙鳥能激糞禦之糞著毛悉脫埤雅鴇無舌連蹄性不木止說文曰乍相次也从匕从十毳鴇性羣居如雁自然而有行列故从乍詩曰鴇行以此故也正義曰鴇性不樹止樹止則爲苦以喻君子從征役爲危苦也

晨風

秦

晨風

爾雅晨風鸇陸璣疏似鷂黃色燕頷勾喙嚮風搖翅乃因風飛急疾擊鳩鴿燕雀食之列子鷂之爲鸇鸇之爲布穀布穀久復爲鷂也禽經鸇曰鷐注晨風也狀類雞埤雅孟子所謂爲叢敺爵者鸇即此是也詩曰鴥彼晨風鬱彼北林言穆公能茈其所積而賢者赴之如此且黃鳥仁晨風義而秦之良士以仁死賢臣以義生故黃鳥曰哀三良也而晨風以刺其棄賢臣

鴞

梟　鴟同

墓門

毛傳鴞惡聲之鳥也陸璣疏鴞大如斑鳩綠色入人家凶賈誼所賦鵩鳥是也其肉甚美可爲羹臛又可爲炙漢供御物各隨其時唯鴞冬夏常施之以其美故也郭義恭廣志鴞楚鳩所生埤雅詩曰翩彼飛鴞集于泮林食我桑黮懷我好音言鴞食桑黮則變而美其色好其音以况德義能革小人之非如此及其食梅則不足以革其容色變其聲音故墓門有梅有鴞萃止以刺陳佗無良師傅也愚按鴞惡聲之鳥爾雅曰梟鴟即此鴞也梟與鴞音相近正義曰一名梟一名鴟瞻卬云爲梟爲鴟是也俗說以爲鴞即土梟非也蓋土梟爾雅自謂之鶹鷅即詩流離之子也考異物志有鳥如小雞體有文色名之曰服不能遠飛行不出域賈公彥曰鴞鵩一鳥夜爲惡鳴者也然則梟也鴞也鴟也一物也陸疏以鴞爲鵩者非

鵜

曹 候人

爾雅鵜鴮鸅郭璞註今之鵜鶘也好羣飛沈水食魚故名洿澤俗呼之為淘河陸璣疏水鳥形如鶚而大喙長尺餘直而廣口中正赤頷下胡大如數升囊若小澤中有魚便羣共抒水滿其胡而弃之令水竭盡魚在陸地乃共食之故曰淘河淮南子鵜鶘飲水數斗而不足山海經涔水多鵹鶘其鳴自訆見則其國多土功埤雅莊子曰魚不畏網而畏鵜鶘言鵜以智力取魚故畏之也詩維鵜在梁不濡其翼不濡其咮者鵜性沈水食魚則濡其咮翼宜矣今反取飽于梁不濡其翼與咮以刺小人不食其力無功而受祿也

鵙

鵙　七月

月令仲夏之月鵙始鳴爾雅鵙伯勞也樊光注左傳少皞氏以鳥名官伯趙氏司至伯趙鵙也夏至來冬至去郭璞注似鶷鶡而大鄭箋伯勞鳴將寒之候也五月則鳴豳地晚寒鳥物之候從其氣焉正義曰陳思王惡鳥論云伯勞以五月鳴應陰氣之動陽為生仁養陰為殺殘賊伯勞殘賊鳥也其聲鵙鵙故以其音名云范處義詩補傳鵙仲夏始鳴至七月則鳴之極而將去矣埤雅釋鳥云鶪鵙醜其飛也翪許慎說文以為翪斂足也今鶪鵙醜飛亦皆斂足腹下曰七月鳴鵙八月載績蓋倉庚知分鳴鵙知至故陽氣分而倉庚鳴可蠶之候也陰氣至而鵙鳴可績之候也

愚按夏小正謂伯鷯詩謂鵙春秋傳謂伯趙詩疏謂博勞釋鳥謂伯勞孟子謂鴂皆指此鳥今吳中呼為伯勞

鴟鴞

鴟鴞

爾雅鴟鴞鸋鴂**郭璞註**鴟類**埤雅**先儒以為鴟鴞即今巧婦郭註獨云鴟類則璞與先儒異意以詩與爾雅考之宜如璞義蓋爾雅言鴟鴞鸋鴂繼云狂茅鴟怪鴟梟鴟則鴟鴞宜亦鴟類賈誼所謂鸞鳳伏竄鴟鴞翱翔是也曰鴟鴞鴟鴞既取我子無毀我室則其語似戒鴟鴞之詞正如宣王黃鳥之詩即非鴟鴞自道也昔賢云鴟鴞恤功愛子及室誤矣**朱傳**鴟鴞鵂鶹惡鳥攫鳥子而食者也**愚按**鴟鴞一名鸋鴂巧婦亦名鸋鴂方言云幽州以巧婦為鸋鴂故先儒誤以鴟鴞為巧婦也其實巧婦即周頌桃蟲若鴟鴞是鴟類據本草鴟鴞與梟鴞同非也梟即流離之子爾雅所謂土梟也有鴞萃止之鴞爾雅所謂梟鴟也朱傳云鵂鶹爾雅鵅鵋䳢郭云鵂鶹則鵂鶹又是一種非即鴟鴞也

鸛

東山

韓詩章句鸛水鳥巢居知風穴居知雨天將雨而蟻出壅土鸛鳥見之長鳴而喜鄭箋鸛水鳥也將陰雨則鳴陸璣疏鸛雀也似鴻而大長頸赤喙白身黑尾翅樹上作巢大如車輪卵如三升杯望見人按其子令伏徑舍去一名負釜一名黑尻一名背竈一名皂裙又泥其巢一傍為池含水滿之取魚置池中以食其雛寇宗奭本草衍義鸛頭無丹項無烏帶身如鶴者是不善唳但以喙相擊而鳴陶隱居曰鸛有兩種似鵠而巢樹者為白鸛黑色曲頸者為烏鸛博物志鸛伏卵時數入水卵冷則不毈取礜石周圍繞卵以助煖氣埤雅曰鸛鳴於垤婦嘆于室垤蟻冢也鸛知天將雨有見於上蟻知地將雨有見于下鳴于垤將雨之候也將雨則征夫之至不如期故婦歎于室也

愚按雜俎云群鸛旋飛為鸛井則必有風雨

鵻

小雅 四牡

毛傳 鵻夫不也 **正義曰** 釋鳥云鵻其夫不舍人云鵻名其夫不李巡云夫不一名鵻今楚鳩也某氏引春秋云祝鳩氏司徒祝鳩鵻夫不者故爲司徒郭璞云今鵓鳩也 **鄭樵通志** 凡鳥之短尾者皆謂之隹惟夫不專名焉 **陸璣疏** 今小鳩也 **埤雅** 今鵓鳩也壹宿之鳥壹宿壹于所宿之木聽聲考詳篇曰隹聲慘悽鵻聲慈念而詩以爲使臣賢者之況曰翩翩者鵻烝然來思言太平君子至誠樂與賢者共之烝然後得嘉魚壹鳥也曰翩翩者鵻集于苞栩集于苞杞蓋孝所以致私恩謹所以致公義故四牡勞使臣之詩而其托況如此 **愚按** 尸鳩性壹而慈祝鳩性壹而孝蓋飛止不離于栩杞言其壹也人臣一于王事不得以養父母爲念故取鵻之壹而孝以爲喻至鵻名須雜不勝枚舉嚴粲云一鳥有十四名然于方言又多未備

脊令

常棣

概從其略

爾雅鶺鴒雝渠**郭璞注**雀屬也飛則鳴行則搖**陸璣疏**大如鷃雀長脚長尾尖喙背上青灰色腹下白頸下黑如連錢故杜陽人謂之連錢**禽經**鶺鴒友悌**張華注**鶺鴒共母者飛鳴不相離詩人取以喻兄弟相友之道**廣雅**鶺鴒雝也**埤雅**脊令其鳴自呼或曰首尾相應飛且鳴者謂之雝渠渠之言勤也**蔡元度名物解**鶺鴒有所就有所招彼可卽而卽之則無不親彼可令而令之則無不從如卽令之尾應首也以喻兄弟之無不親無不和也

隼

采芑

禽經鷹好峙隼好翔爾雅鷹隼醜其飛也翬郭璞註鼓翅翬翬然疾陸璣疏隼鷂屬也齊人謂之擊征或謂題肩或謂雀鷹春化為布穀者是也楊雄法言鱗之儀儀鳳之師師其至矣乎螭虎桓桓鷹隼䎒䎒未至也陸佃曰言若鷹隼攫搏急疾則是右武而已非所以語至也化書曰烏反哺仁也隼憫胎義也蓋隼之擊物遇懷胎者輒釋不殺也準于文从水从隼今鷹之搏噬不能無失獨隼為有準故其每發必中而古之制字者以此

鶴

易曰鳴鶴在陰其子和之通卦驗曰立夏清風至而鶴鳴淮南子雞知將旦鶴知夜半浮邱公相鶴經鶴陽鳥而遊于陰因金氣依火精以自養火數七金數九故十六年小變六十年大變千六百年形定而色白又云二年落子毛易黑點三年頭赤七年飛薄雲漢又七年學舞復三年應節晝夜十二鳴六十年大毛落茸毛生色雪白泥水不能汚百六十年雄雌相見目精不轉而孕千六百年飲而不食食于水故喙長軒于前故後短棲于陸故足高而尾凋翔于雲故毛豐而肉疎行必依洲嶼止必翔林木蓋羽族之宗長仙人之騏驥也隆鼻短口則少眠露眼赤精則視遠頭銳身短則喜鳴四翎亞膺則體輕鳳翼雀毛則善飛龜背鱉腹則能産軒前垂後則善舞洪髀纖趾則能行

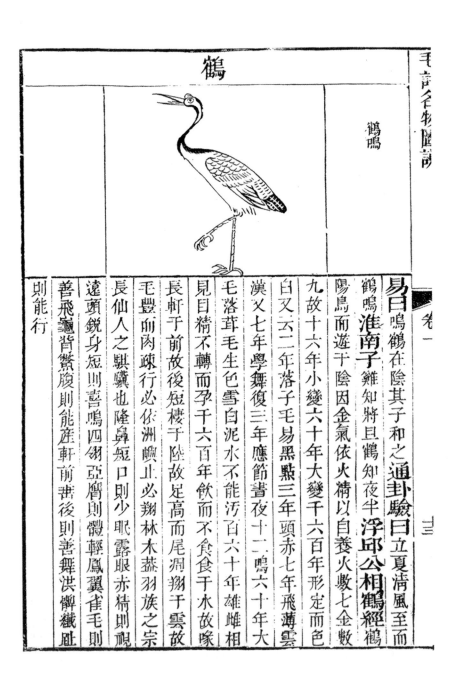

桑扈

小宛

爾雅桑扈竊脂郭璞註俗呼青雀嘴曲食肉喜盜脂膏食之因以名云陸璣疏青雀也好竊人脯肉脂及膏故曰竊脂也桑扈食肉之鳥而啄粟求活不可得以喻上爲亂政而求下治不可得也淮南子馬不食脂桑扈不食粟名物解性好集桑故名戸所以閉邑所以守此鳥善自閉守故名爲扈愚按釋鳥云春扈鳻鶞夏扈竊玄秋扈竊藍冬扈竊黃桑扈竊脂棘扈竊丹行扈唶唶宵扈嘖嘖郭璞云皆因其毛色音聲以爲名竊藍青色而舊說竊古淺字則竊玄淺黑也竊藍淺青也竊黃淺黃也竊丹淺赤也四色皆具則竊脂爲淺白也以竊爲淺與郭氏盜脂膏爲竊者異然案爾雅釋獸云虎竊毛謂之虦猫郭註竊淺也則景純亦以竊爲淺者又據本草稱蠟嘴雀其嘴或淡白如脂或凝黃如蠟故古名竊脂今名蠟嘴

鸒斯

小弁

爾雅鸒斯鵯鶋**郭璞註**雅烏也小而多群腹下白江東亦呼爲鵯烏**說文**雅楚烏也一名鸒一名鵯居秦謂之雅**愚按**鸒斯孔氏以斯字爲語辭而識劉孝標類苑立鸒斯之目然爾雅及楊雄法言鄭夾漈通志皆曰鸒斯何以斯之一字定爲語辭耶猶虫類所謂螽斯也

鶉

四月

禽經鷹以膺之鶻以猾之隼以尹之鵰以周之鷲以就之鷙以摶之說文鷻鵰也从鳥敦聲埤雅鵰能食草似鷹而大黑色俗呼皂鵰一名鷲其飛上薄雲漢詩曰匪鶉匪鳶翰飛戾天今大鵰翺翔水上扇魚令出沸波攫而食之一名沸河淮南子所謂鳥有沸波者即此是也禽經云沸河在岸則魚沒沸河在岸則魚涌愚按鶉尾長翅短土黃色六翮乘風輕勁其翮堪爲箭羽空中盤旋無微不見亦捉鳥兎食之鶉音團鵰類也與上鶉之奔奔之鶉異

鳶

倉頡解詁鳶鴟也抱朴子鳶飛在下無力及至乎上聳身直翅而已說文鳶鷙鳥也埤雅釋鳥云鳶鳥醜其飛也翔高飛曰翱布翼不動曰翔鳶鴟也摩風回翔曲禮曰前有塵埃則載鳴鳶鳶鳴則將風故也昔墨子作木鳶飛三日不集列子所謂班輸之雲梯墨翟之飛鳶是也愚按鳶性高翔故四月云翰飛戾天旱麓云鳶飛戾天其性然也曰匪鶉匪鳶翰飛戾天者喻君子遭禍無所逃也曰鳶飛戾天魚躍于淵者以鳶魚之得其性喻君子作人俾之各得其所也

鴛鴦

鴛鴦

毛傳鴛鴦匹鳥鄭箋言其止則相耦飛則爲雙性馴耦也古今註水鳥鳧類雌雄未嘗相離人得其一則一者相思死故謂之疋鳥孟詵食療本草食鴛肉令人美麗夫婦不和與食立相憐愛列異傳宋康王埋韓馮夫妻宿夕文梓生有鴛鴦雌雄各一恒棲樹上晨夕交頸愚按雄鳴曰鴛雌鳴曰鴦其質黃色而有文彩紅頭翠鬣黑翅黑尾紅掌頭有白長毛垂之至尾交頸而卧

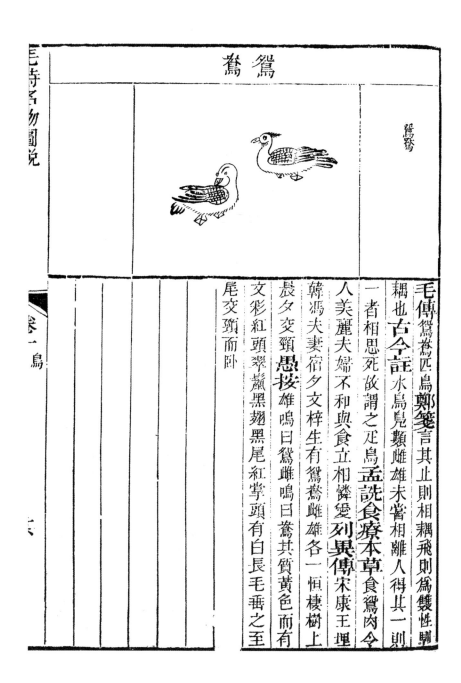

鷮

車舝

爾雅鷮雉郭璞註卽鷮雞也長尾走且鳴陸璣疏鷮微小于雉走而且鳴色如雄雉尾如雉尾而長其頭上有肉冠冠上長毛數寸肉甚美故林麓山人語云四足之美有麃兩足之美有鷮說文鷮走鳴長尾雉也乘輿以尾爲防釳著馬頭上薛綜集雉之健者爲鷮尾長六尺正義曰以雉有耿介之性喻碩女有貞專之德

鶖

白華

毛傳鶖禿鶖也古今註扶老禿秋也狀如鶴而大大者高八尺善與人鬭好啖蛇埤雅鳧雁醜翁鶖鶴醜鶖鶖性貪惡俗呼禿鶖長頸赤目其毛辟水毒曰有鶖在梁有鶴在林各有所宜也劉楨魯都賦曰綠鶃慈鶖鶖色蒼青也愚按書曰鳥獸毛毨此鳥至秋頭禿故名鶖鶖如老人頭童及扶老之杖故又名扶老

鶖貪殘之性以喻褒姒鶴性高潔以喻申后

鷹

大雅 大明

月令仲春鷹化爲鳩季夏鷹乃學習孟秋鷹乃祭鳥王制鳩化爲鷹然後設罻羅陳氏曰仲秋也爾雅鷹鶆鳩樊光註鶆鳩鷞鳩也春秋曰鷞鳩氏司寇鷹鷙故爲司寇郭璞註鶆當爲鷞字之誤耳左傳作鷞鳩是也左傳郯子曰少皞氏鳥師而鳥名爽鳩氏司寇也杜預註爽鳩鷹鷙鳥也故爲司寇主盜賊禽經鷹不擊伏鶻不擊妊雅翼在北爲鷹在南爲鷂一云大爲鷹小爲鷂埤雅頂有毛角微起今通謂之角鷹詩曰維師尚父時維鷹揚言其武之奮揚如此愚按性勇猛頂有毛本草謂之角鷹今俗呼毛頭鷹者即此也

鷖

鳧鷖

倉頡解詁鷖鷗也禽經鷗信鳥也信不知用註云潮至則翔水濵以爲信反爲鷙鳥所擊是知信而不知所以自害也風土記鷖鷖鸍也以名自呼大如雞生卵於荷葉之上埤雅鷖鳧屬鳧好沒鷖好浮故鷖一名漚鳧鷖安樂於水者也故詩以爲神祇祖考安樂之譬愚按鷗其浮也鷖其聲也

鳳凰

卷阿

爾雅鶠鳳其雌皇山海經丹穴之山有鳥如雞五彩而文名曰鳳凰首文曰德翼文曰順背文曰義膺文曰仁腹文曰信飲食自歌自舞見則天下大安寧荀子引逸詩云鳳凰秋秋其翼若干其聲若簫廣雅雄鳴曰即即雌鳴曰足足昏鳴曰固常晨鳴曰發明晝鳴曰保長舉鳴曰上翔集鳴曰歸昌郭璞曰瑞應鳥雞頭蛇頸燕頷龜背魚尾五彩色高六尺許正義曰說文云神鳥也天老曰五色備舉出于東方君子之國翱翔四海之外過崑崙飲砥柱濯羽弱水暮宿風穴字从鳥凡聲鳳飛則羣鳥從以萬數故戱古作朋字埤雅古文作𠙊象形葢四靈惟鳳能鴆其類故以爲朋黨之字舊說不啄生蟲不折生草不羣居不旅行不罹羅網非梧桐不棲非竹實不食非醴泉不飲名物解少昊以鳥名官鳳皇爲歷正分至啓閉之官

鷺

周頌　振鷺

皆有屬焉故詩以喻大臣愚按大戴禮云羽蟲三百六十而鳳皇爲之長盖鳳總凡鳥也雄曰鳳雌曰皇色備五彩音中六律天下文明之物也

爾雅鷺舂鉏郭璞註白鷺也頭翅背上皆有長翰毛陸璣疏水鳥也好而潔白謂之白鳥青脚長高尺七八寸短尾喙長頭上有長毛十數莖好取魚食名物解作詩者以其潔白不可汚喻君子之德以常有振舉之意喻君子之威儀愚按楚威王時有朱鷺合沓飛翔而來舞則復有赤者舊鼓吹朱鷺曲是也鷺鳥之羽可爲舞者之翳故陳風云値其鷺羽値持也又鶿飛則霜鷺飛則露其名以此步于淺水好自低昂如舂鋤狀故名舂鉏又常有振舉之意且甚潔白故詩以況二王後

桃蟲

小毖

爾雅桃蟲鷦其雌鴱郭璞註桃雀也俗呼爲巧婦陸璣疏今鷦鷯是也廣雅鷦鷯鶉鳩埤雅說苑曰鷦鷯巢於葦苕繫之以髮鳩性拙鷦性巧故俗呼巧婦一名工雀一名女匠其喙尖利如錐取茅秀爲巢巢至精密以麻紩之如刺韈然故又名韈雀其化輒爲鵰鶚蓋鳥之始小終大者詩曰肇允彼桃蟲拚飛維鳥言成王懲管蔡之亂于是始信小物之能成大不敢不毖也愚按張茂先鷦鷯賦曰小鳥也巢林不過一枝每食不過數粒有以桃蟲卽指爲鵰鶚者是因鵰鶚亦有鷯鳩之名又二詩皆指管蔡而言故混爲一也其實大小各不相類云拚飛維鳥者言其始小終大非卽小卽大也

毛詩名物圖說卷一終

毛詩名物圖說卷二

吳中徐　鼎實夫輯

獸

豕 貓 貔 豹

象

馬

許慎說文馬武也其字象頭髦尾足之形一歲曰䮂二歲曰駒三歲曰騑四歲曰駣八歲曰馴高六尺曰驕七尺曰騋八尺曰龍愚按既差我馬者宗廟齊毫尚純也戎事齊力尚强也田獵齊足尚疾也馬之名色備見於詩如赤馬黑鬣曰騮白馬黑鬣曰駱黑馬白鬣曰雒騂馬白腹曰騵蒼騏曰騏騏者黑色之名謂青而微黑也黃白曰皇騂白曰駁赤黃曰騂並兼二色之別也蒼白雜者騅彤白雜者騢黃白雜者駓陰白雜者駰陰淺黑也此皆兼二色而復有雜毛者也的顙白顛的白也謂額有白毛者黑喙者騧也純黑者驪也膝上皆白者馵也驪馬白跨者驈也白跨股脚白也豪骭曰驔骭脚脛謂毫毛在骭而白長為驔也二目白曰魚謂如魚目也青驪驎曰驒謂色有淺深如魚鱗也名義備詳於此餘可類推

麟

麟之趾

大戴禮毛蟲三百六十而麟爲之長郭璞云角頭有肉公羊傳曰有麕而角許愼曰麒仁獸也麕牝麒也陸璣詩疏麕身牛尾馬足圓蹄一角音中鐘呂行中規矩遊必擇地翔而後處不履生蟲不踐生草不羣居不旅行不入陷穽不罹羅網王者至仁則出范處義補傳麟有趾而不踶如公子之不妄動有定而不抵如公姓之不忤物有角而不觸如公族之不好競愚按麟鳳龜龍謂之四靈舊說麟肉角鳳肉味皆示有武而不用蓋麟性仁厚趾不踐物定不抵物角不觸物皆言仁厚也故詩以況之

鼠

召南　行露

邢昺疏爾雅鼢鼠郭云地中行者方言云犂鼠即此鼠也鼸鼠者大戴禮云田鼠也鼸是頰裏藏食之名鼷鼠者郭云有螫毒螫如今鼠狼成七年食郊牛角者是也鼶鼠者似鼬之鼠也郭云夏小正曰鼶鼬則穴者在九月也鼬鼠者郭云似鼦赤黃色大尾啖鼠江東呼為鼪即莊子云騏驥驊騮捕鼠不如貍鼪是也鼩鼠者小鼠也亦名鼱鼩鼫鼠者孫炎曰五技鼠詩碩鼠食人禾苗是也豹文鼮鼠者郭云文彩如豹者漢武帝時得此鼠孝廉終軍知之賜絹百匹鼨鼠者郭云今江東山中有鼨鼠狀如鼠而大蒼色在樹木上愚按此別鼠屬也其類頗多尚不止此本草云五臟皆全有四齒而無牙蓋雀物之淫者鼠物之貪竊者故詩言雀角鼠牙以譬強暴

麕

野有死麕

爾雅釋獸麕牡麌牝麜其子麆其跡解絕有力豣說文麕麞也麕其總名也崔豹古今注鹿有角而不能觸麕有牙而不能噬朱子集傳麕獐也鹿屬無角陸佃埤雅麕鹿皆健駭而麕性膽尤怯飲水見影輒奔道書曰麞鹿無魂是也詩野有死麕白茅包之言昏禮不以死物故其生摯用鴈而飾羔鴈者以繢今以死麕更以白茅包之皆非其禮矣然猶愈於無禮故序云惡無禮也先曰死麕後曰死鹿先曰包後曰束言被文王之化知惡無禮其俗有隆而無殺

鹿

爾雅鹿牡麚牝麀其跡速絶有力麉說文鹿解角獸羣萃善走者也本草山林有之馬身羊尾頭側而長脚高而行速牡者有角夏至則解黃質白斑牝者無角黃白色無斑孕六月生子鹿性淫一牡常交數牝謂之聚麀埤雅鹿分背而食食則相呼羣居則環其角外向以防物之害已故詩以况君臣之義而草蟲經曰鹿欲食皆鳴相召志不忌也愚按呦呦言其聲也麌麌言其多也濯濯言其肥澤也鳥之所乳謂巢雞雉所乳謂窠兎之所息謂窟鹿之所息謂場町疃鹿場者農師所謂町畽村疃之中無人焉故鹿以為場也

尨

毛傳尨狗也非禮相陵則狗吠孔穎達正義李巡曰尨一名狗非禮相陵主不迎客則有狗吠此女願其禮來不用驚狗埤雅狗善猜警非禮相陵則警吠故詩以惡無禮屈子曰邑犬羣吠吠所怪也說文狗叩也叩氣吠以守也尨犬之多毛者也

山海經騶虞五采畢具尾長於身乘之日行千里毛傳義獸也白虎黑文不食生物有至信之德則應之相如封禪書囿騶虞之珍羣頌曰般般之獸樂我君囿白質黑章其儀可喜顏師古註謂騶虞也郭璞贊曰怪獸五采尾參於身矯足千里儵忽若神是謂騶

騶虞

虞詩歎其仁埤雅騶虞西方之獸而名之曰虎則宜以殺爲事今反不履生草食自死之肉蓋仁之至也故序詩者曰仁如騶虞則王道成也愚按騶虞一說聚訟紛紛齊詩章句以騶虞爲掌鳥獸官魯詩傳謂天子之田爲梁騶賈誼新書又分騶爲囿虞爲司獸嗣後諸家據月令七騶咸駕左傳成十八年晉悼公使程鄭爲乘馬御六騶屬焉暨周官山虞澤虞以求合齊詩掌鳥獸官之說或謂騶名爲囿猶之後世閣以鳳名臺以麟名而虞爲司獸以求合賈氏之說或引左太沖魏都賦云邁良騶之所著張銑釋之曰梁騶古天子田獵地名以求合魯詩梁騶爲田之說蓋衆說所起皆由於射義樂官備也一語然所謂樂官備者喻得賢人多則官備非直騶御虞人不乏官之謂如以騶虞爲官理猶可通至分騶爲囿虞爲司獸

羊

王　君子于役

殊屬費解昔文王果以騶名囿何靈臺靈囿散見於書而騶囿不並傳耶援後世鳳閣麟臺爲証不無臆說雖騶虞之獸不見爾雅而太公六韜淮南子並稱文王拘羑里散宜生得騶虞獻紂及按之山經諸儒之說不爲無據序云騶虞鵲巢之應也蓋召南之始鵲巢而終騶虞猶周南之始關雎而終麟趾也又何疑哉

說文羊字象頭角足尾之形**陸德明釋文**小曰羔大曰羊**董仲舒春秋繁露**羔有角而不用如好仁者執之不鳴殺之不嗥類死義者飲其母必跪類知禮者故以爲贄**懇按**爾雅云牝牂者卽苕之華牂羊墳首是也又云未成羊羜者卽伐木既有肥羜是也毛有黑白聲似小兒呼阿孁孕四月生子其目無神其腸薄回一名髯鬚主簿見古今注

牛

說文牛大牲也象角頭三封尾之形徐諧曰封高起也柳宗元牛賦牟然而鳴埤雅詩曰其耳濕濕言潤澤也牛病則耳燥安則溫潤而澤傳曰禘郊之牛角繭栗宗廟之牛角握社稷之牛角尺詩曰有捄其角捄長貌社稷之牛角尺也其耳無竅以鼻聽盟者聽於神人故執牛耳而正以不聽爲戒愚按馬屬陽牛屬陰故乾爲馬坤爲牛馬病則臥陰勝也牛病則立陽勝也馬起先前足臥先後足從陽也牛起先後足臥先前足從陰也詩不曰牛羊而曰羊牛下來者蓋羊性畏露晚出而早歸故羊先於牛也

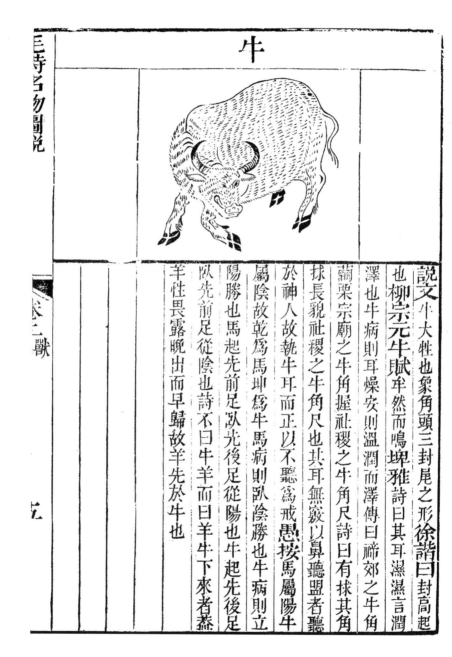

兔

兔爰

爾雅兔子嬎其跡迒絕有力欣古今注兔口有缺尻有九孔王充論衡兔舐毫而孕及其生子從口而出張華博物志兔望月而孕口中吐子舊有此說陸佃曰咀嚼者九竅而胎生獨兔雌雄八竅故陶氏書云兔舐雄毫而孕五月而子里語又謂之顧兔而感氣故卜秋月之明暗知兔之多寡也今孔雀亦合而先儒以孔雀聞雷而孕則兔雖舐毫感孕以月理或然也月缺也故兔口缺愚按說文無兔字以兔為兔盖生子從口出自有留難吐乃得兔故曰兔俗作兔字大如貍而毛黑白赤眼長鬚足前短後長故古詩云雄兔脚撲朔雌兔眼迷離好食草急則有聲窟地而居其性陰狡正義云所無拘制爰爰然而緩

虎

鄭　大叔于田

爾雅甝白虎虪黑虎易卦通驗立秋虎始嘯仲冬虎始交孕七月而生揚雄方言陳魏楚宋謂之李父江淮南楚謂之李耳格物論虎山獸之名也黃質黑章鋸身鉤爪鬚健而尖舌大如掌生倒刺項短鼻齆聲吼如雷百獸震恐埤雅簡兮云有力如虎言其勇常武云闞如虓虎蓋虎之自怒虓然則以言將帥之勇發於忠毅非激而怒之也何草不黃云匪兕匪虎先王驅而遠之則率彼曠野兕虎之所宜今征夫如此則可哀矣愚按襢裼暴虎獻于公所則大叔段之事也

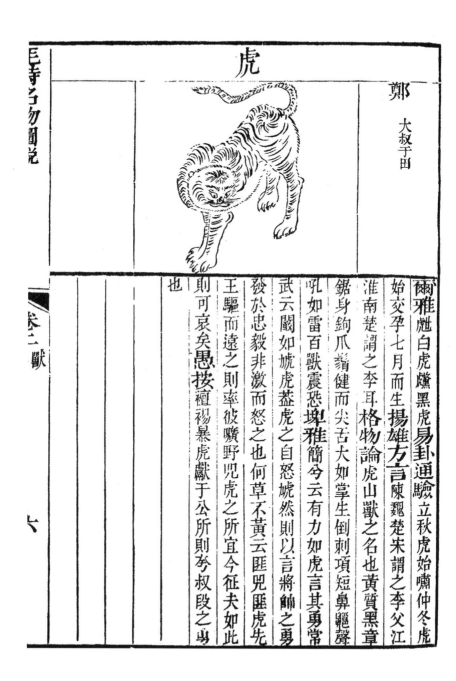

狼

齊 還

爾雅狼牡貛牝狼其子獥絕有力迅陸璣疏其鳴能大能小善爲小兒啼聲以誘人去數十步其猛健者雖善用兵者不能免也膏可煎和皮可爲裘故禮云狼臅膏又曰君之左虎裘厥後狼裘是也李奇曰狼性怯走喜還顧故名狼顧愚按狼大如狗蒼色南人呼毛狗鋭頭尖喙白頰駢脅高前廣後狽足前短能知食所在狼足後短負之而行故曰狼狽又狼聚物不整謂之狼籍古者烽火取狼糞葢駢脅直腸取其糞烟直上也老狼項下有袋求食滿腹向前則觸之退後又自踐踏上疐其尾故曰跋前疐後

盧

盧令

毛傳盧田犬正義曰犬有田犬有守犬戰國策韓國盧天下之駿犬也東郭逡海內之狡兔韓盧逐東郭逡山三越岡五兔極於前犬疲於後俱爲田父之所獲愚按韓有盧宋有鵲並良犬也盧黑色鵲黑白色秦風駟鐵云載獫歇驕爾雅曰長喙獫短喙猲獢此別犬喙長短之名則皆爲田犬也韓詩作盧泠泠令令者犬頷下環聲重環者大環貫一小環也重鋂者一大環貫二小環也

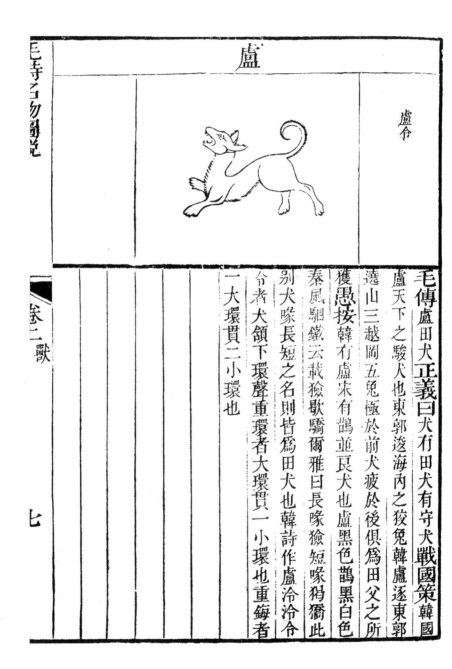

貆

魏　伐檀

爾雅貈子貆郭璞註其雌者名㹻今江東呼貉爲⿰豸央⿰豸史釋文貆本亦作狟音暄貉子也貉依字作貈呂忱字林貈似狐善睡其子名貆愚按㹻乃老切音惱牝貈也江東呼爲⿰豸央⿰豸史⿰豸央音央⿰豸史音史皆貈之通名也

碩鼠

爾雅鼫鼠郭璞註形大如鼠頭似兔尾有毛青黃色好在田中食粟豆關西呼為鼩鼠見廣雅孫炎註五技鼠許慎曰鼫鼠五技能飛不能上屋能游不能渡谷能緣不能窮木能走不能先人能穴不能覆身陸璣疏今河東有大鼠能人立交前兩足於頸上跳舞善鳴食人禾苗羅願爾雅翼詩稱相鼠卽河東大鼠文子聖人師拱鼠制禮錄異記拱鼠行田畝中見人則拱手而立捕之卽跳躍走去愚按碩鼠樊光謂卽爾雅鼫鼠也

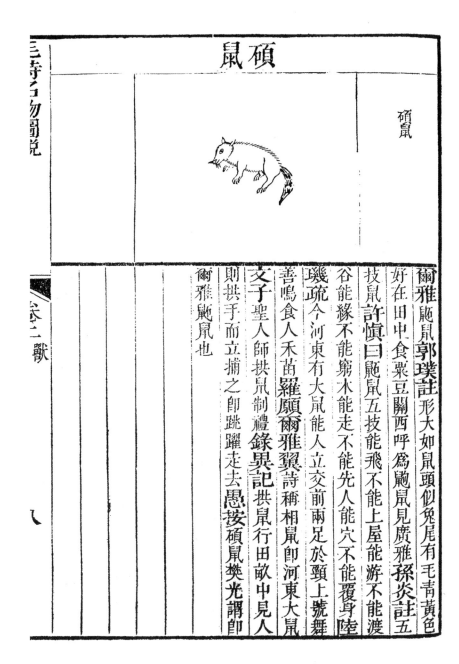

貉

豳　七月

考工記貉踰汶則死此地氣然也劉楨詩義問狐之類貉貒貍也埤雅貛貉同穴而異處貛之出入以貉為導詩曰一之日于貉取彼狐貍言往祭表貉因取狐貍之皮為裘故傳云于貉謂取狐貍皮也周官所謂祭表貉卽此愚按埤雅云貉似貍字林云貐似狐朱傳云貉狐貍也葢其形似狐貍非卽訓狐貍也生山野間頭銳鼻尖毛黃褐色其皮溫厚可為裘故孔子狐貉之厚以居穴處晝伏夜出捕食性嗜睡人或畜之以竹叩醒巳而復寐今吳俗稱人嗜睡者謂之貉睡

狐

說文狐有三德其色中和小前大後死則首邱𨛬道**元水經注**狐性多疑故俗有狐疑之說**北征記**河冰厚數丈冰始合車馬未過須狐先行此物善聽聽水無聲乃過**埤雅**狐之爲物妖淫又以刺照所謂雄狐綏綏是也又曰有狐綏綏在彼淇梁言狐在山今在淇梁則失其常居矣**愚按**狐孤也善疑則不可合類故字从孤江東無狐狐出北方皮可爲裘毛色深黃近赤故北風云莫赤匪狐又有青白色故玉藻君衣狐白裘君子狐青裘是也晝伏夜出聲如嬰兒或云先古淫婦名紫者所化故能媚人而其聲自呼阿紫其尾長大易曰濡其尾里語云狐欲渡河無如尾何

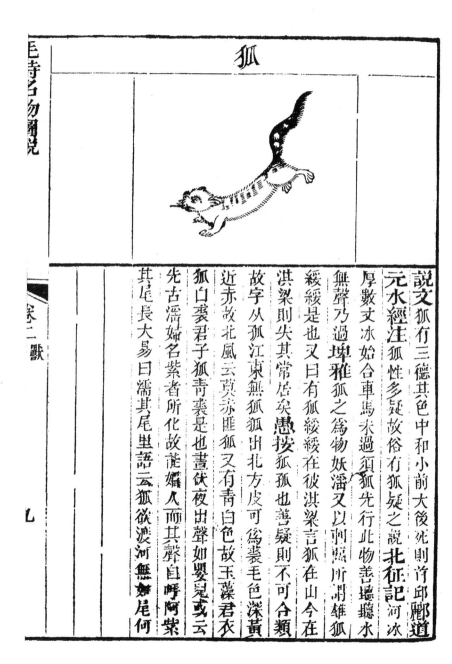

貍

爾雅貍狐貒貈其足蹯其跡厹郭璞註皆有掌蹯厹指頭處埤雅貍之伺物卑身而伏以候敖者似貙而小文采斑然異於貒貉左傳定九年齊大夫東郭書衣貍製服虔註貍製貍裘也愚按本草貍似虎而毛有黑白文相間者名九節貍皮可製裘宋史安陸州貢野貓花貓即此二種也

熏鼠

夏小正鼶鼬則穴博物志鼶鼠之最小者或謂之耳鼠愚按熏鼠是鼠之小者但能穴地不能緣木穹窒熏鼠言穹塞其室之孔穴熏鼠令出其窟以其穴處故也今吳中呼為地鼠

兕

小雅吉日

爾雅兕似牛郭璞註一角青色重千斤邢昺疏說文云兕如野牛青毛其皮堅厚可制鎧交州記曰兕出九德有一角角長三尺餘形如馬鞭柄雅翼爾雅兕似牛犀似豕郭氏稱犀似水牛而豕首然則犀亦似牛與兕同但首如豕耳兕青而犀黑兕一角而犀二角以此爲異但古多言兕今多言犀北人多言兕南人多言犀埤雅發彼小豝殪此大兕言能中微而制大也愚按角善抵觸故先王制罰爵以兕角爲之詩兕觥其觩是也

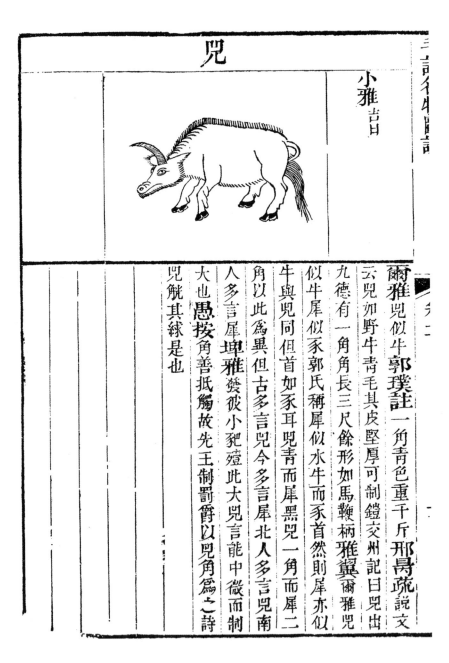

熊

斯干

說文熊似豕山居冬蟄詩義疏熊攀援上高樹見人則顛倒投地而下冬入穴蟄始春而出段成式酉陽雜俎熊膽春在首夏在腹秋在左足冬在右足埤雅當心有白脂如玉味甚美俗呼熊白好舉木而引氣謂之熊經莊子所謂熊經鳥伸是也冬蟄不食飢則自舐其掌故其美在掌愚按形似豕黑色人足於山中行數十里悉有跧伏之所

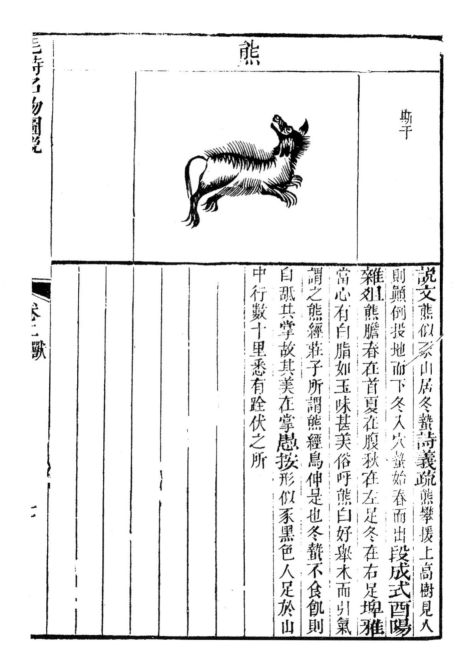

羆

山海經嶓冢之山其獸多羆熊爾雅羆如熊黄白文郭璞註似熊而長頭高脚猛憨多力能拔樹木關西呼曰貑熊陸璣疏有黄羆有赤羆大於熊雅翼獵者云羆熊之牝者力尤猛柳宗元稱鹿畏貙貙畏虎虎畏羆本草熊羆魋一類也如豕黑色者熊也大而黄色者羆小而色黄赤者魋也韓奕赤豹黄羆是也愚按熊羆皆壯毅之物屬陽故書以喻不二心之臣詩以爲男子之祥也周禮穴氏掌攻蟄獸各以其物火之以時獻其皮革蟄獸熊羆之屬是也皮可爲裘大東云舟人之子熊羆是裘

豺

巷伯

爾雅豺狗足郭璞註脚似狗說文豺狼屬狗聲邢昺疏貪殘之獸左傳云戎狄豺狼不可厭也雅翼豺牙如錐足前矮後高世傳狗爲豺之舅見狗輒跪亦相制耳埤雅似狗而長尾白頰高前廣後其色黄季秋取獸四面陳之以祀其先世謂之豺祭獸故先王候之以田禮記所謂豺祭獸然後田獵是也詩曰取彼譖人投畀豺虎豺虎以殺爲性今日不食則惡之至也

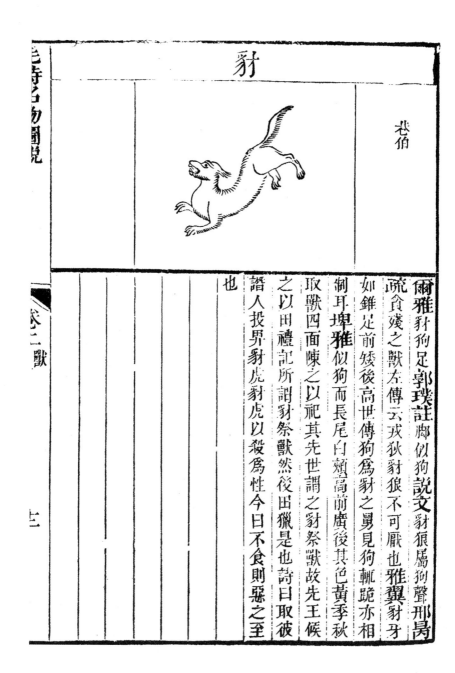

猱

角弓

毛傳猱猿屬鄭箋猱之性善登木正義曰猱則猿之輩屬非獲也陸璣云猱獮猴也楚人謂之沐猴老者爲玃長臂者爲猨猨之白腰者爲獑胡獑胡猨駿捷於獮猴然則猱猨其類大同埤雅狨輕捷善緣木大小類猿長尾尾作金色今俗謂之金線狨生川峽深山中人以藥矢射之取其尾爲臥褥鞍被坐毯狨甚愛其尾中矢毒即自齧斷其尾以擲之惡其爲深患也狨一名猱詩無教猱升木顏氏以爲其毛柔長可藉制字从柔以此故也愚按本草猱即狨長尾猿與獮猴相似而猿臂長

豕

漸漸之石

爾雅豕子豬郭璞註今亦曰彘江東呼豨皆通名方言豬燕朝鮮謂之豭關東西謂之彘或謂之豕南楚謂之豨其子謂之豚或謂豯吳揚之間謂之豬子曲禮豕曰剛鬣豚曰腯肥淮南子豕四月而生愚按豕水畜也故易曰坎爲豕韓詩說云犬喜雪馬喜風豕喜雨故天將久雨則豕進涉水波故曰有豕白蹢烝涉波矣爾雅云四蹢皆白豥又豕牝曰豝豕生三爲豵詩壹發五豝壹發五豵是也在辰屬亥亥字象豕之形故子夏之晉過衛有讀史者曰晉師三豕渡河子夏曰非也是已亥也

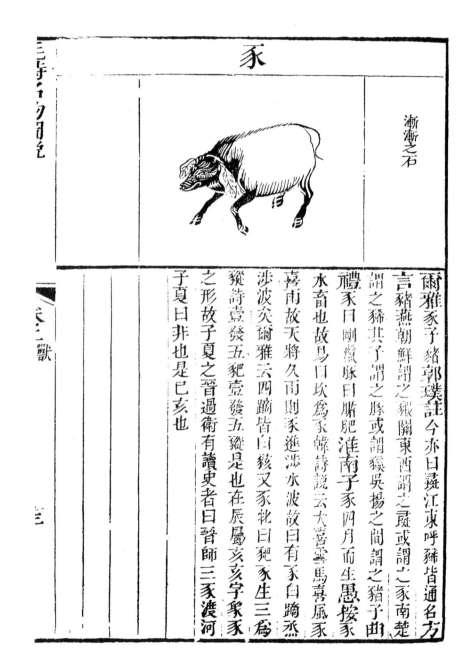

貓

大雅韓奕

毛傳貓似虎淺毛者也埤雅鼠善害苗而貓能捕鼠故貓字从苗詩有貓有虎貓食田鼠虎食田豕故詩以譽韓樂而記曰迎貓爲其食田鼠也迎虎爲其食田豕也舊傳鼻端常冷惟夏至一日暖蓋陰類也故其應如此愚按有黃白黑駁數色貍身虎面柔毛利齒其睛可定時子午卯酉如一綫寅申巳亥如滿月辰戌丑未如棗核孕兩月而生子

貔

爾雅貔白狐其子豰郭璞註一名執夷虎豹之屬陸璣疏似虎或曰似熊一名執夷一名白狐遼東人謂之白羆說文豹屬出貉國廣雅貔貔貍貓也書傳如虎如貔貔虎屬也愚按猛獸也故兵家旌畫貔貅形象威猛載旌使衆知警備曲禮云前有摯獸則載貔貅是已

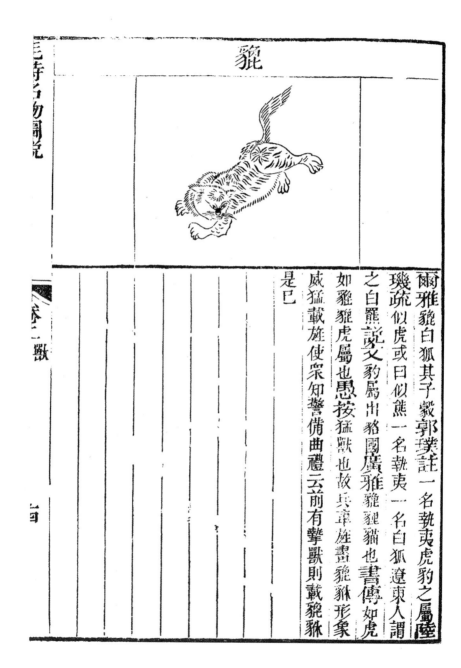

豹

屈平山鬼篇乘赤豹兮從文貍陸璣疏毛赤而文黑謂之赤豹列子程生馬埤雅豹一名程古詩曰餓狼食不足飢豹食有餘言狼貪豹廉有所程度而食故其字从勺愚按詩有赤豹山海經幽都之山有玄豹爾雅有白豹洞冥記有青豹本草云文如錢者名金錢豹如艾葉者名艾葉豹又西域有金線豹此皆別毛色與其名也豹性暴諺云豹跳如雷其性愛毛列女傳云南山有豹霧雨七日不下食欲澤其衣毛而成文采是也故語云豹死留皮人死留名

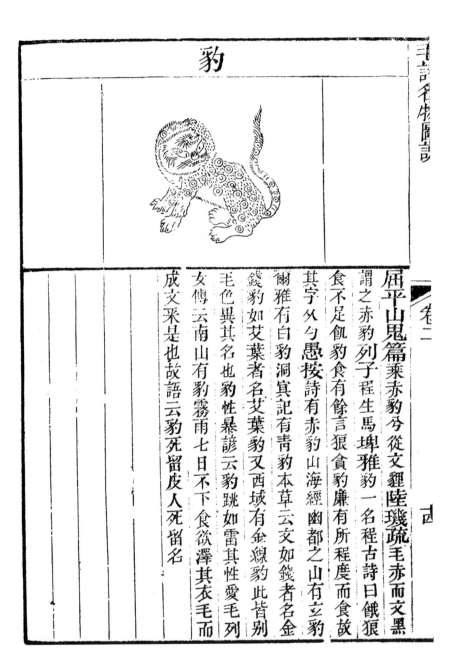

象

魯頌泮水

說文象長鼻牙南越之大獸三歲一乳嶺表錄異象肉有二十種象膽不附肝隨月轉在諸肉楚越之間象皆青黑惟西方弗林大食多白象雲南豪族多畜象負重致遠若中國之牛馬沈懷遠南越志象牙長丈餘脫其牙則深藏之削木代之可得不爾窮其土得乃已埤雅其所食物皆以其鼻取之蓋其牙生花必因雷聲故古者以爲器飾左傳云象有齒以焚其身賄也

毛詩名物圖說卷二終

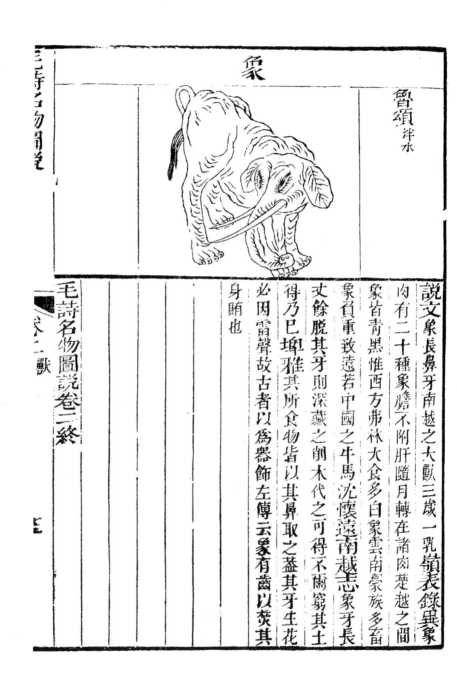

毛詩名物圖說卷三

吳中徐　鼎實夫輯

蟲

青蠅　蠆　蜂

螽斯

周南　螽斯

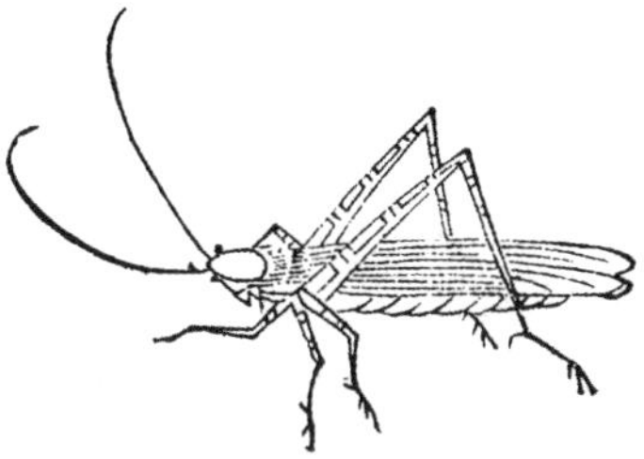

斯螽　同

爾雅釋蟲蜤螽蜙蝑郭璞註蜙蝑也俗呼蝽蟝公羊傳螽何以書記災也楊雄方言春黍謂之螢蝑蔡邕月令章句其頰乳于土中深埋其卵江東謂之蚱蜢害田稺陸璣草木蟲魚疏幽州人謂之春箕卽春黍蝗類也長而青長角長股股鳴者也或謂似蝗而小班黑其股似瑇瑁又五月中以兩股相切作聲聞數十步是也鄭樵曰蜙蝑卽一種大青蚱蜢股長而鳴甚響鄭康成箋凡物有陰陽情慾者無不妒忌維蜙蝑不耳各得受氣而生子故能詵詵然衆多后妃之德能如是則宜然蔡元度名物解螽斯蟲之不妒忌而一母百子故詩以爲子孫衆多之說五月斯螽動股言股成而奮迅之也爾雅螽醜奮蓋于是時股成而奮迅之方春尙弱也字從冬冬終也至冬而終故謂螽也愚按螽斯蝗屬大小不同稻田中多有之但

草蟲

召南　草蟲

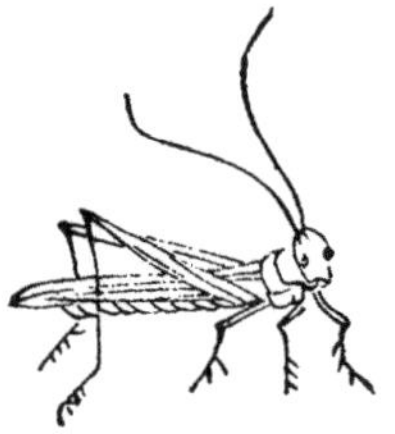

生子之數未有明據蘇氏云一生八十一子陸氏云一生百子朱子云一生九十九子其說不同序但言不妒忌生子之數亦未明言大約詩詠文王維百斯男而螽斯以況后妃不妒忌故陸氏朱傳爲是說與又正義云此言螽斯七月言斯螽文雖顛倒其實一也不復圖說下凡倣此

爾雅草蟲負蠜郭璞註常羊也陸璣詩疏小大長短如蝗奇音青色好在茅草中陸佃埤雅一云蚯蚓即負蠜亦以類應草蟲鳴於上風負蠜鳴於下風羅願爾雅翼詩草蟲說多端案張衡云土蠦鳴則阜螽跳是則蚓爲草蟲也愚按諸家說草蟲紛紛惟陸疏似蝗者爲是但非灾蟲不可謂蝗耳若埤雅雅翼並指爲蚯蚓妹不知爾雅釋諸螽外其釋蚓曰螼蚓蜸蠶則不得爲草蟲明矣嚴粲詩緝又以螽斯草蟲阜螽

阜螽

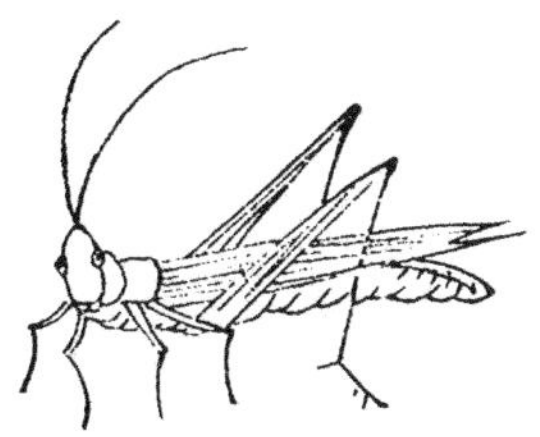

爲一是尤考之未精也

爾雅阜螽蠜李巡注蝗子也陸璣疏今人謂蝗子爲螽子兖州人謂之螣許慎說文蝗螽也蔡邕曰螽蝗也鄭箋草蟲鳴阜螽躍而從之異種同類猶男女嘉時以禮相求呼埤雅阜螽今謂之蚱蜢亦跳亦飛飛不能遠靑色草蟲鳴阜螽躍而從之故阜螽曰蠜草蟲謂負蠜陳藏器本草拾遺阜螽似蝗東人呼爲蚱蜢六書正譌蚱蜢草上蟲也愚按李氏陸氏許氏蔡氏並指爲蝗然蝗是災虫非歲時恒有凡經傳直稱螽蝗也如公羊傳螽何以書記災是也似蝗不爲災皆得螽名如爾雅所云阜螽蚻螽蟿螽土螽是也南方螽類甚多大而靑色者螳螂小于螳螂而作聲者如馬軋紡績皆是箋云阜螽躍而從之則止于跳躍而不作聲明是蚱蜢無疑也

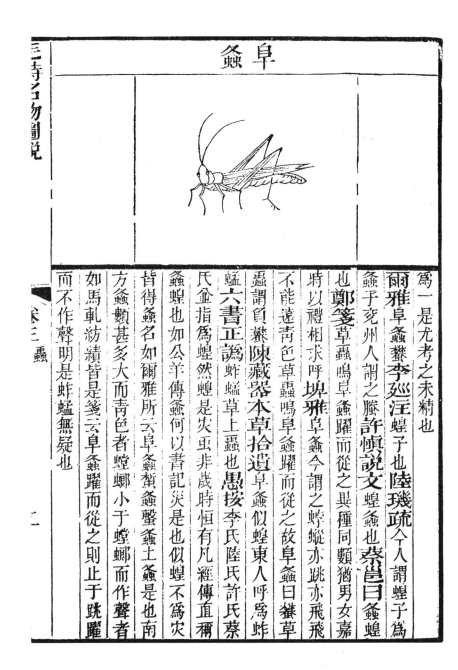

蝤蠐

衛　碩人

爾雅蝤蠐蝎郭璞注在木中楊雄方言蟦螬謂之蟦自關而東謂之蝤蟦或謂之蛬蠾或謂之蝖螜梁益之間謂蛒或謂蝎或謂蛭蛒秦晉之間謂蠹或謂天螻四方異語而通者也孔穎達正義孫炎曰關東謂之蝤蠐梁益之間謂之蝎以在木中白而長故以比頸也唐本草注此蟲在腐柳樹中內外潔白陶隱居本草注大者如足大指以背行乃駛于腳埤雅蝤蠐一名蛣蝠佶屈曲貌以形舉也詩曰領如蝤蠐蓋蝤蠐之體有豐潔且白者故詩以況莊姜之領七辯曰蝤蠐之領阿那宜顧是也此即木中蠹蟲亦曰桑蠹名物解蝤蠐桑蠹也桑質柔腴白蝤蠐食桑之腴故色白而體柔愚按釋蟲蝤蠐蝎又云蝎桑蠹則蝤蠐也蝎也桑蠹也其即一物也或在柳中或在桑中故郭氏孔氏止言在木中耳

螓

毛傳螓首顙廣而方爾雅蚻蜻蜻郭璞註如蟬而小方言云有文者謂之螓夏小正云鳴蚻虎懸邢昺疏蚻一名蜻蜻如蟬而小有文者也夏小正云者在四月彼云鳴蚻蚻者虎懸也埤雅似蟬而小綠色北人謂之螓即詩所謂螓首也愚按夢溪筆談云蟭蟟之小而綠色者謂螓蓋此螓額廣而方故以比莊姜之首

蛾

爾雅蛾羅郭璞注蠶蛾邢昺疏此卽蠶蛹所變者也張華博物志食桑者有緒而蛾蛾類者先孕而後交蓋蛹者蠶之所化蛾者蛹之所化埤雅繭生蛾蛾生卵荀子曰蛹以為母蛾以為父是也蛹一名螝蛾一名羅孫炎爾雅正義以為螝卽是雄蛹卽是雌羅卽是雄蛾卽是雌蛾似黃蝶而小其眉句曲如畫故詩以譬莊姜碩人曰螓首蛾眉

蒼蠅

齊　雞鳴

爾雅蠅醜扇邢昺疏青蠅之類好搖翅自扇方言蠅東齊謂之羊韓子以骨去蟻蟻愈多以魚驅蠅蠅愈至張敞書曰蒼蠅之飛不過十步託于騏驥之髮則致千里埤雅蠅好交其前足有絞繩之象故繩之爲字从蠅省準生于隼繩生于蠅其義一也亦好交其後足搖翅自扇段氏云蒼蠅聲雄壯青蠅聲清聒其聲在翼蒼蠅善亂聲故曰匪雞則鳴蒼蠅之聲也名物解一章言耳聞疑而起也二章月出之光言目見似而起也蒼蠅其大者肌色正蒼今俗謂之麻蠅傳曰以冰致蠅蓋蠅逐臭者喜暖惡寒故遇冰輙側翅遠引所謂夏虫不可以語冰者也愚按蒼蠅亂聲是蠅之大者類從曰蠅生于灰蠅墮水死置灰中須臾即活淮南子以爲爛灰生蠅是也有說蒼蠅比青蠅爲小而以陸農師指爲麻蠅爲非是蓋蠅既小則聲

蟋蟀

唐 蟋蟀

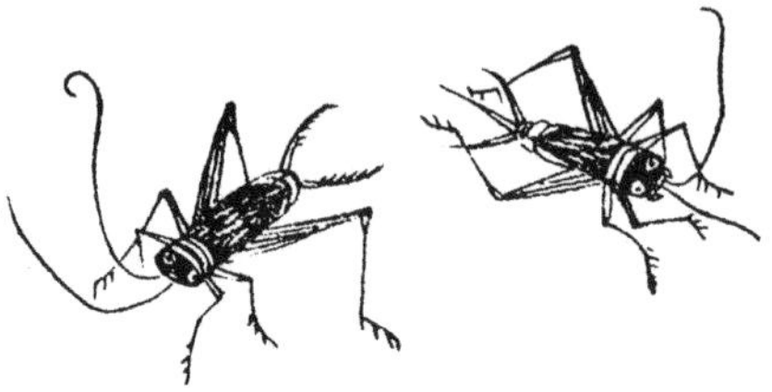

必小何以爲善亂聲耶斷以麻蠅爲允

月令季夏蟋蟀居壁周書小暑之日溫風至又五日蟋蟀居壁爾雅蟋蟀蛬郭璞註今促織也亦名青蛚崔豹古今註蟋蟀一名吟蛩秋初得寒則鳴一云濟南呼爲懶婦陸璣疏蟋蟀似蝗而小正黑有光澤如漆有角翅一名蛬一名蜻蛚楚人謂之王孫幽州人謂之趨織里語云趨織鳴懶婦驚是也埤雅陰陽率萬物以出入至于悉蟀帥之爲悉蟋蟀能帥陰陽之悉者也詩曰蟋蟀在堂歲聿其莫在堂九月之時也九月建戌於文禾千爲年步戌爲歲故步戌至戌謂之歲也曰九月蟋蟀入我牀下言蟋蟀微物猶知隨時可以人而不如乎愚按蟋蟀夏生秋始鳴寒則漸近人好吟于土石磚甓之下尤好鬬勝雙尾者鬬雄也三尾者不鬬雌也又一種飛者較大

蜉蝣

曹 蜉蝣

爾雅蜉蝣渠畧孫炎注夏小正蜉蝣渠畧也朝生而暮死舍人曰南陽以東曰蜉蝣梁宋之閒曰渠畧郭璞註似蛣蜣身狹而長有角黃黑色叢生糞土中朝生暮死豬好啖之毛傳朝生夕死猶有羽翼以自修餙陸璣疏似甲蟲有角大如指長三四寸甲下有翅能飛夏月陰雨時地中出名物解蜉蝣輕也朝生暮死故謂之渠畧生于夏月陰陽氣之昇濕而浮游者故其爲物不實而小曹君無篤厚之德而從其小體若此刺其甚矣埤雅唐儉以勤曹奢而苟故詩一以蟋蟀一以蜉蝣刺之又云叢生糞棲中朝生夕殞存浮游之義

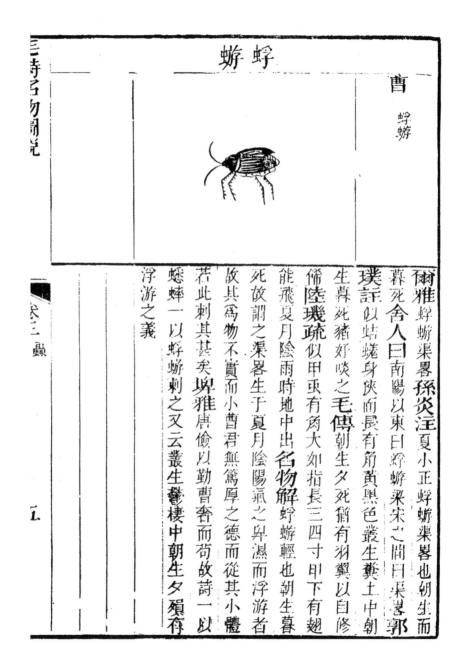

蠶

豳　七月

爾雅蟓桑繭雔由樗繭棘繭欒繭蚢蕭繭邢昺疏此皆蠶類作繭者因所食葉而異其名也食桑葉作繭者名蟓即今蠶也食樗葉棘葉欒葉者名雔由食蕭葉作繭者名蚢也淮南子黃帝元妃西陵氏始蠶月令季春天子乃薦鞠衣于先帝命野虞毋伐桑柘具曲植籧筐后妃齊戒親東鄉躬桑禁婦女毋觀省婦使以勸蠶事蠶事既登分繭稱絲受功以供郊廟之服孟夏蠶事畢后妃獻繭乃收繭稅以桑爲均貴賤長幼如一以給郊廟之服程子曰蠶月蠶長之月也計歲氣之早晚不可指定幾月也劉瑾曰雖不可指定幾月然既條取大桑復猗彼女桑當在建辰之月蠶盛之時先儒疑此詩獨缺三月蓋已具于蠶月之間矣愚按蠶喜燥惡濕食而不飲三眠三起二十七日而老自卵出而爲蚴自蚴蛻而爲蠶蠶而繭繭而

蜩

螗同

蛹蛹而蛾蛾而卵舊説古者后妃享先蠶先蠶天駟也漢舊儀曰今蠶神曰苑窳婦人寓氏公主凡二神焉

毛傳蜩螗也孔疏釋虫云蜩蜋蜩螗蜩舍人云皆蟬方言曰楚謂蟬爲蜩宋衛謂之螗蜩陳鄭謂之蜋蜩秦晉謂之蟬是蜩蟬一物方俗異名耳釋蟲又曰蜺寒蟬郭璞曰寒螿也似蟬而小青赤引月令寒蟬鳴與此鳴蜩不同者夏小正云五月螗蜩鳴七月寒蟬鳴是其異也王充論衡蟬生于復育開背而出陶隱居曰蟬類甚多鳴蜩蚻蚻者形大而黑五月便鳴四五月鳴而小紫青色者蟪蛄也九十月鳴聲淒急者寒螿也七八月鳴而色青者蛁蟟二月中便鳴者蜉毋似寒螿而小名物解蜩有文或謂之蜻螗無文或謂之夷詩如蜩如螗蜩大而螗小蜩言其譁而無理

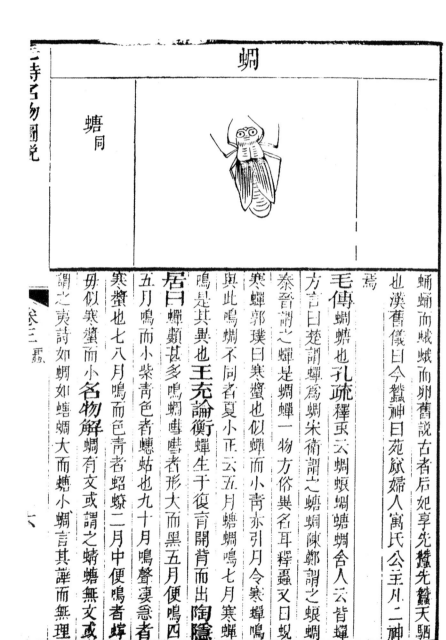

莎雞

蛣言其夷而無文

爾雅螒天雞樊光注小蟲黑身赤頭李巡注一名酸雞郭璞注一名莎雞一名樗雞陸璣疏莎雞如蝗而斑色毛翅數重其翅正赤六月中飛而振羽索索作聲幽州人謂之蒲錯古今注莎雞一曰紡緯謂其鳴聲如紡績也雅翼頭小而羽大有青褐兩種一名絡緯今人謂之絡絲娘似機杼聲可以趣婦功一名馬蟙埤雅其鳴以時故有雞之號俗云絡緯雄鳴于上風雌鳴于下風而風化愚按本草在樗木上頭翅赤者人呼紅娘子非莎雞也莎雞似蝗毛翅數重止而振羽而作聲有如紡緯今吳人呼為紡績娘朱傳謂斯螽莎雞蟋蟀一物隨時變化而異其名然非一物也自五月動股六月振羽至八九月間尚有聲未必隨時速化鄭箋云言此三物如此著將寒有漸則明

蠋

東山

是三物無疑矣斯螽説見周南螽斯蟋蟀見唐風
毛傳蜎蜎蠋皃桑蟲也**正義曰**釋蟲云蚅烏蠋樊光引此詩郭璞曰大蟲如指似蠶韓子云蟲似蠋言在桑野知是桑蟲**邢昺疏**形如蠶大如指大雅韓奕云鞗革金厄毛亦云厄烏蠋大如指似蠶**韓非子**蟺似虵蠶似蠋人見虵則驚駭見蠋則毛起然婦人拾蠶漁者握蟺利之所在則忘其所惡皆爲賁育**埤雅**蠋以絲自裹又久在桑野惟獨而已然其自營也宗矣故詩以此託况序曰一章言其完也

伊威

爾雅伊威委黍蟠鼠婦郭璞注瓮器底蟲說文鼠婦也陸璣疏在壁根下甕器底土中生似白魚埤雅食之令人善溺故名鼠婦又名鼠姑因濕化生今俗謂之濕生愚按此蟲濕生多足大者長半寸餘灰色背有橫紋蹙起常惹着地鼠背故有婦姑諸名室無人埽多有之

蠨蛸

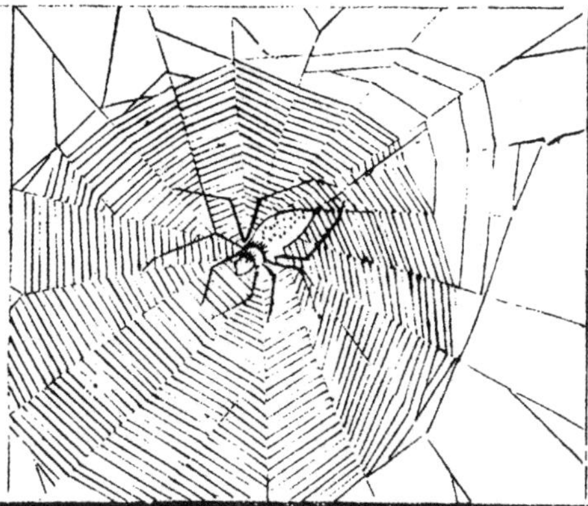

爾雅蠨蛸長踦郭璞注小鼅鼄長脚者俗呼爲喜子陸璣疏荆州河内人謂之喜母此蟲來着人衣當有親客至有喜也亦如鼅鼄爲網居之古今注身小足長故謂長踦愚按王安石字說云設一面之網物觸而後誅之知乎誅義者故曰蜘蛛而蠨蛸亦蜘蛛類室無人埽結網當戶

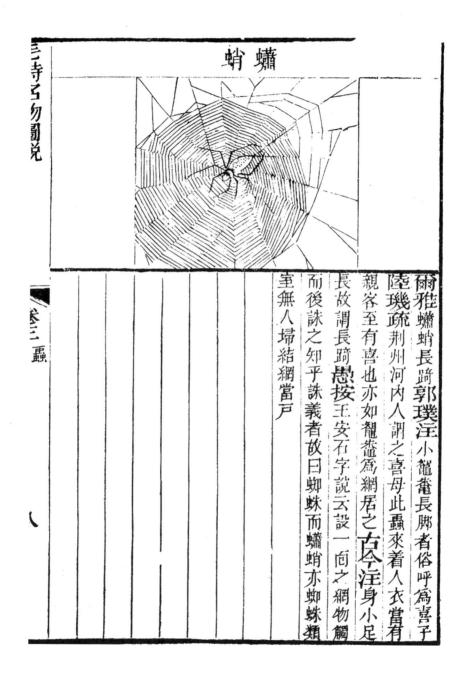

宵行

毛傳熠燿燐也燐螢火也正義曰螢火之蟲飛而有光之貌朱子集傳宵行蟲名如蠶夜行喉下有光如螢愚按毛傳螢火爲燐孔氏旣辨其非但據本草一名熠燿似以熠燿爲虫矣濮氏一之云熠燿爲虫與下章熠燿其羽相戾當知宵行乃蟲名此說長也孔氏云熠燿飛而有光之貌並不以螢火爲熠燿又本草螢有三種宵飛腹下光者月令所謂腐草化爲螢是也長如蛆蠋尾後有光無翼不飛者卽宵行也俗名螢蛆明堂月令所謂腐草化爲蠋是也又一種水螢居水中唐李子卿火螢賦彼何爲而化草此何爲而居泉是也則知宵行虫名熠燿其光也諸說紛紛當以朱傳爲允

蜴

小雅正月

爾雅蠑螈蜥蜴蜥蜴蝘蜓蝘蜓守宮也孫炎注別四名也說文在壁曰蝘蜓在草曰蜥蜴正義曰陸璣疏云虺蜴一名蠑螈蜴也或謂之蛇醫如蜥蜴青綠色大如指形狀可惡如陸意蜥蜴與螈形狀相類水陸異名耳陶隱居曰其類四種大形純黃色爲虵醫次似蛇醫小形長尾見人不動名龍子次有小形五色尾青碧可愛名蜥蜴不螫人一種喜緣籬壁名蝘蜓形小而黑乃言螫人必死而未嘗中人東方朔傳射守宮曰以爲龍又無角謂爲虵又有足跂跂脈脈善緣壁若非守宮即蜥蜴愚按諸說在草澤中者曰蠑螈蜥蜴在壁間者曰蝘蜓守宮埤雅云易十二時變色故曰易也蜥蜴尾適于身加虵而加足居草澤間守宮四足有尾偃伏壁間故名蝘蜓博物志云以器養之食以朱砂體盡赤擣萬杵以點女人支體終身

不滅偶則落故又有守宮之名箋云虺蜴之性見人則走蜴是蠑螈之類非蝘蜓守宮也因說蜴而兼及之焉

螟蛉

小宛

爾雅螟蛉桑蟲郭璞注俗謂之桑蟃亦曰戎女陸璣疏桑上小青蟲也似步屈其色青而細小或在草萊上名物解螟蛉蟲之感氣而化者也然所化必以類故惟桑蟃爲能取之以爲己子

蜾蠃

爾雅蜾蠃蒲盧郭璞注即細腰蟲也俗呼爲蠮螉說文細腰土蠭也天地之性小腰純雄無子楊雄法言螟蛉之子殪而逢果蠃祝之曰類我類我久則肖之矣陸璣疏似蜂而小腰取桑蟲負之于木空中七日而化爲其子陶隱居曰一種蜂黑色腰細銜泥于人室及器物邊作房如併竹管者生子如粟米大捕取草上青蜘蛛滿中仍塞口以擬其子大爲糧一種入蘆竹管中者亦取草上青虫一名蜾蠃若言教祝變爲己子斯爲謬矣愚按諸說不同或謂捕蟲爲粮或云祝爲己子蓋物類變化不可度蚱蟬生于轉丸衣魚生于瓜子則桑虫之化爲蜂不足異也宋齊邱謂蠮螉之蟲負螟蛉之子傳其情交其精混其氣和其神隨物大小皆得其眞蠢物無定精萬物無定形斯言得之矣

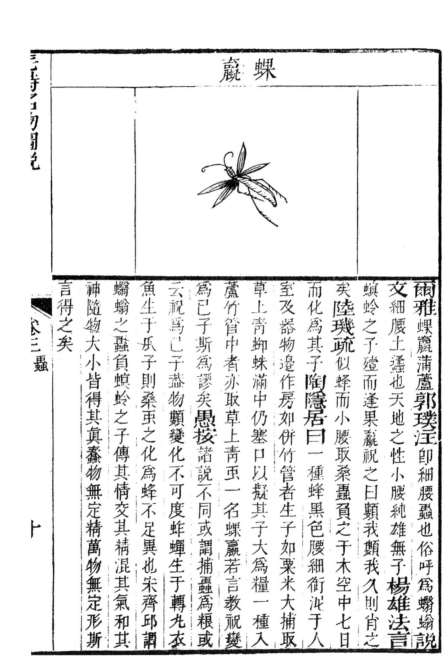

蜮

何人斯

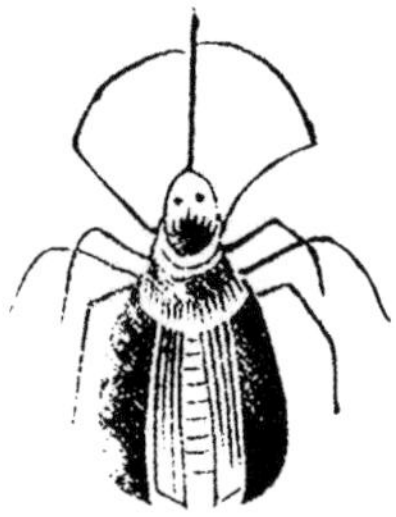

公羊傳蜮何以書記異也張揖廣雅射工短狐蜮也博物志江南有射工甲蟲類也一二寸口中有弩形氣射人影隨所著處發瘡不治即短蜮也酉陽雜俎謂之抱搶陸璣疏一名射影江淮水皆有之人在岸上影見水中投人影則殺之故曰射影南人將入水先以瓦石投水中令水濁然後入或曰含沙射人皮肌其瘡如疥正義曰洪範五行傳云生于南越南越婦人多淫故其地多蜮淫女惑亂之氣所生也埤雅俗呼水弩鵝能食之禽經所謂鵝飛則蜮沈愚按前闊後狹頗如蟬狀故抱朴子言狀如鳴蜩也腹軟背硬有如鼈故陸璣言形如鼈也喙頭有尖角如爪有六足如蟹足陸德明言三足非也周禮壺涿氏掌除水蟲以抱土之鼓驅之以禁石投之即此蜮也

螟

大田

爾雅食苗心螟李巡注言其姦冥冥難知也陸璣䟽螟似虸蚄而頭不赤月令仲春行夏令蟲螟為害淮南子杜法令則多蟲螟京房易傳蔽惡生孽蟲食心呂氏春秋蝗螟農夫得而殺之為其害稼也雅翼螟無足小青蟲既食其葉又以絲纏聚衆葉使穗不得展江東謂之螣蟲孔臧蓼蟲賦曰爰有蠕蟲厥虫如螟是螟為無足蟲愚按今吳中呼為網蟲以其絲纏不穗不得長達形如草上小青蟲

螣

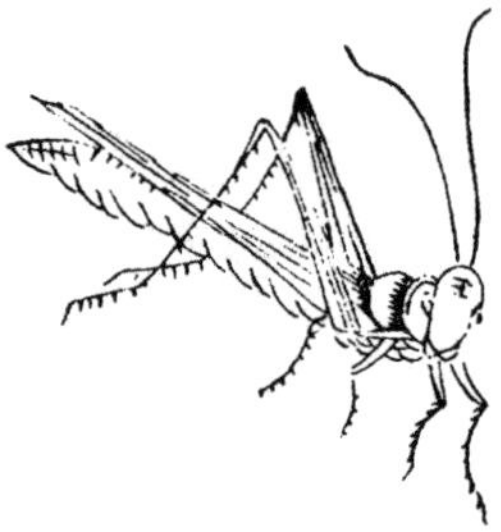

爾雅食葉蟘李巡注言假貸無厭故曰蟘也月令孟夏行春令則蝗蟲爲災仲夏行春令百螣時起陸璣疏螣蝗也易傳德無常茲謂煩蟲食葉蔡氏伯喈曰當爲災則生水處澤中數百或數十里一朝蔽地而食禾粟苗盡復移云是魚子水中化之愚按俗云蝗產子于地中至春夏而出地若冬有雪寒氣逼之深入於地春夏不能出矣一雪入地三尺三雪入地九尺所謂三白爲豐年之兆

蟊

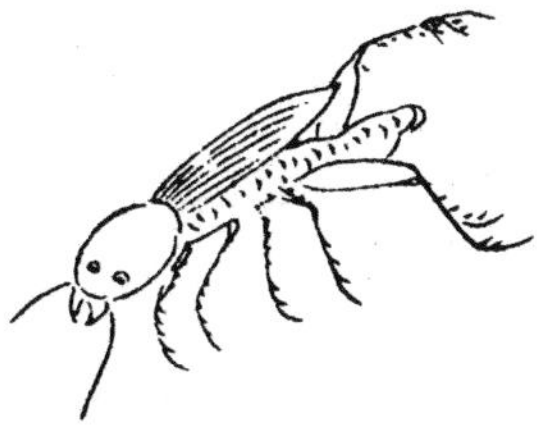

爾雅食根蟊李巡注言其稅取萬民財貨故云蟊也易傳臣安祿茲謂貪厥災蟲食根陸璣疏或說云蟊螻蛄也食苗根為人患

賊

爾雅食節賊李巡註言貪狠故曰賊也陸璣疏賊似桃李中蠹赤身長而細耳易傳與東作爭茲謂不時蟲食節愚按今吳中呼為蛀蟲是也諸木有蠹諸果有蠐諸菽有蚄麥朽蛾飛草腐螢化皆蟲之敗物者螟螣蟊賊釋蟲分別蟲啖禾所在之名而李巡孫炎及京房易傳偁因惡政所致正義所謂雖食所在為名而所在之名緣政所致理為兼通也舊說四者一種蟲也如言寇賊姦宄內外言之耳故犍為文學曰此四種蟲皆蝗也實不同故分別釋之則孔氏之說必有確據況爾雅分釋明是四種形狀各別舊說特攷之未精也

青蠅

青蠅

鄭箋蠅之爲蟲汚白使黑汚黑使白喻佞人變亂善惡論衡青蠅所汚常在練素埤雅青蠅首赤如火背若負金段成式曰糞能敗物玉亦不免所謂蠅矢點玉愚按蒼蠅亂聲青蠅亂色許謙云營營其聲變黑白其性形似麻蠅而小背有一點若金自蛆蟲所變糞能敗物糞又生蛆觀爛灰生蛆者異矣互詳蒼蠅說中

蠆

都人士

左傳蠭蠆有毒鄭箋蠆螫蟲也尾末揵然似婦人髮末曲上卷然孝經緯蜂蠆垂芒爲其毒在後魏志華佗傳彭城夫人夜之廁蠆螫其手佗令温湯漬其中埤雅蝎白蠆也陸璣疏一名杜伯幽州人謂之蠍說文蠍蠆尾蟲也長尾爲蠆短尾爲蠍雅翼蠆字象形蓋象其螫與尾之形蜥蜴能食之

蜂

周頌小毖

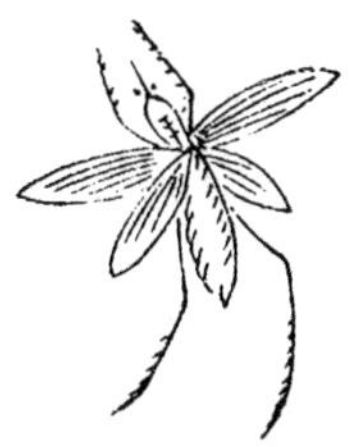

爾雅土蠭木蠭郭璞注今江東大蠭在地中作房者爲土蠭啖其子卽馬蠭似土蠭而小在樹上作房江東亦呼爲木蠭又食其子埤雅蜂有兩衙應潮其主之所在衆蜂爲之旋繞如衛有君臣之義其毒在尾垂穎如鋒故謂之蜂方言曰大而蜜謂之壺蜂卽今黑蜂黃蜂亦其一種無蜜纖長其窠仰綴于屋衙漆以固其蔕雅翼細腰蜂作房在小樹及簷下房縱着處必以漆其在大木上者蜂與房皆大謂之露蜂房蜜蜂似蜂而小人收而養之一日兩出聚鳴號爲兩衙採花鬚上粉置兩髀或採無所得經宿不歸房中名物解化書曰蜂有君臣其毒在尾傳曰蜂蠆垂芒是也范處義詩補傳蜂螫人必辛故曰辛螫愚按秇林伐山云莫子荓蜂荓音烹舊音甹毛傳以爲摩曳摩音麴孫炎作掣曳謂相掣曳之于惡說文甹使也

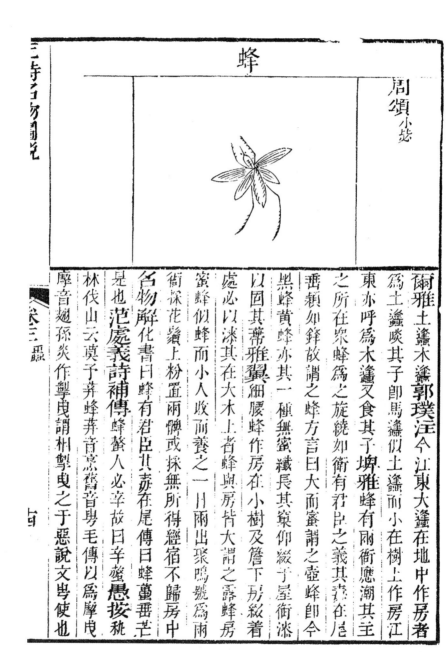

則粤讀作𦍒疑亦可也蜂類甚多一種黄蜂最易螫
人則舉其一可以例凡

毛詩名物圖說卷三終

毛詩名物圖說卷四

吳中徐　鼎實夫輯

魚

魴

周南 汝墳

爾雅釋魚魴魾郭璞註今江東呼魴魚爲鯿一名魾陸璣草木蟲魚疏魴今伊洛濟潁魴魚也廣而薄肥而少力細鱗魚之美者漁陽泉州及遼東梁水魴肥厚尤美故鄉語云居就糧梁水魴羅願爾雅翼縮頭穹脊博腹青白而味美漢中者尤美陸佃埤雅其實方其厚褊故一曰魴魚魴方也一曰鯿魚鯿褊也魴魚赬尾譬君子勞於王事養生經曰魚勞則尾赤人勞則髮白孔頴達正義魴魚之尾不赤故知勞則尾赤呂氏藍田曰鯉尾赤魴尾白赤則勞甚矣蔡元度名物解魴寡力而易困者也勞則尾赤以寡力之性而又勞矣其困尤甚易故汝墳喻商餘憔悴之民愚按魴魚所處有之腹內有肪味最腴今吳中呼爲鯿魚

鱣

衛　碩人

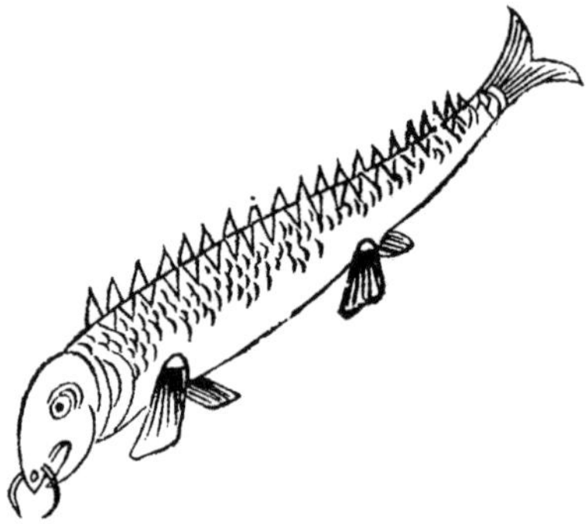

陸璣詩疏鱣鮪出江海三月中從河下頭來上鱣形似龍銳頭口在頷下背上腹下皆有甲縱廣四五尺今于盟津東石磧上釣取之大者千餘斤郭璞註鱣大魚似鱏而短鼻口在頷下體有邪行甲無鱗肉黃大者長二三丈今江東呼爲黃魚埤雅鱣魚輭骨俗謂之玉板淮南子鵜鶘飲水數斗而不足鱣鮪入口若露而死酈道元水經注鱣鮪鯉出鞏穴三月則上度龍門得度爲龍矣否則點額而還顏氏家訓鱣魚純灰色無文愚按毛傳鱣鯉也舍人曰鯉一名鱣而郭氏云鯉今赤鯉魚鱣乃大魚明是各爲一魚且潛詩云有鱣有鮪鰷鱨鰋鯉既言鱣又言鯉則鱣鯉異魚有明徵矣鱣不善游有邅如之象背腹有甲肉黃色顏氏云灰色就皮言也今吳中呼爲著甲

鮪

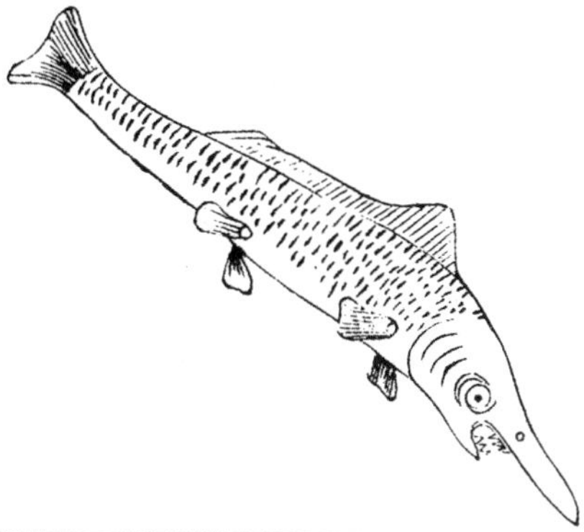

毛傳鮪鮥爾雅鮥鮛鮪郭璞註鮪鱣屬大者名王鮪小者名鮛鮪陸璣疏鮪形似鱣而青黑頭小而尖似鐵兜鍪口亦在頷下大者丈七八尺肉色白味不如鱣今東萊遼東人謂之尉魚或謂之仲明仲明者樂浪尉也溺死海中化爲此魚又河南鞏縣東北崖上山腹有穴舊說此穴與江湖通鮪從此穴而來北入河西上龍門入漆沮故張衡賦云王鮪岫居山穴爲岫謂此穴也埤雅鮪長鼻體無鱗甲岫居至春始出而浮陽北入河西上龍門入漆沮見日而目眩故詩人言漆沮及河通道此魚禮曰龍以爲畜故魚鮪不淰愚按夏小正二月祭鮪月令季春薦鮪天官獻人春獻王鮪蓋岫居春出魚之先至也曰發發者如陸農師云鱣鮪健魚故其跳躍發發然不麗于罛

鰥

齊　敝笱

毛傳鰥大魚孔叢子抗志篇衛人釣于河得鰥魚焉其大盈車子思問曰如何得之對曰吾下釣垂一魴之餌鰥過而不視又以豚之半鰥則吞矣劉熙釋名鰥昆也昆明也愁悒不寐目恒鰥鰥然故其字从魚魚目恒不閉者也白虎通鰥之言鰥鰥無所親也鄭康成箋鰥魚子正義鰥魚子釋魚文李巡曰凡魚之子總名鯤也鯤鰥字異古字通用或鄭本作鯤也魯語里革曰魚禁鯤鮞鳥翼鷇卵蕃庶物也是亦以鯤爲魚子毛以鯤爲大魚鄭以鯤爲魚子而與魴相配則魴之爲魚中魚也故可以爲大亦可爲小箋以一鰥若大魚則强笱亦不能制不當以敝敗爲喻言小魚易制喻文姜易制愚按鰥特魴鱮之類不必大如盈車若鄭云魚子則尚未成魚何可制以笱耶王肅云魯桓不能制文姜猶敝笱不能制大魚

鱮

鄭箋鱮似魴而弱鱗陸璣疏鱮似魴厚而頭大魚之不美者故里語曰網魚得鱮不如啗茹其頭尤大而肥者徐州人謂之鰱或謂之鱅幽州人謂之鴞鷱或謂之胡鱅埤雅鱮色白北土皆呼白鱮西征賦云華魴躍鱗素鱮揚鬐性亦旅行故其制字从與失水則死弱魚也今吳越呼爲鱅鰱魚六韜曰緡隆餌重則嘉魚食之緡調餌芳則庸魚食之鱅庸魚也故其字从庸愚按鱮好旅行相與游曰與相連屬曰連今吳中呼爲白鰱魚味不美雅翼云魚雖同類所食不同鯇食草鱒食螺蚌鱮乃食鯇矢宜其味之不美也

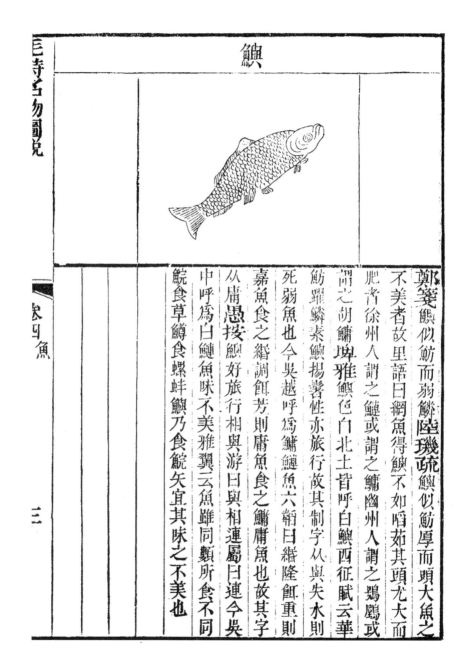

鯉

陳　衡門

神農書鯉最爲魚之主養魚經所以養鯉者鯉不相食易長又貴陶隱居本草注鯉爲諸魚之長形既可愛又能神變飛越江湖埤雅今之赬鯉也一名鱣鯉脊中鱗一道每鱗上有小黑點文大小皆三十六鱗魚之貴者故釋魚以鯉冠篇又曰語洛鯉伊魴貴於牛羊言洛以渾深宜鯉伊以清淺宜魴名物解鯉易得之魚甘而無毒足以養人故字从里衡門先魴後鯉先其至美者魚麗言萬物盛多故自其多得言之先鱨鯊次魴鱧潛言備饗獻之物自其大者言之先鱣鮪次鰷鱨次鰋鯉大而至於鱣小而至於鯉此潛之所以多魚也愚按大至于鱣信矣小至于鯉非也蓋鯉之大不亞鱣鮪鯉過龍門便化爲龍若鰷鱨魚之小者

鱒

鮅　九罭

爾雅鮅鱒郭璞註鮅子赤眼陸璣疏似鯶而鱗細于鯶赤眼是也孫炎註鱒好獨行尊而必者故从尊从必爾雅翼鱒魚目中赤色一道横貫瞳魚之美者今俗謂之赤眼食螺蚌多獨行亦有兩三頭同行者極難取見網輙避埤雅鱒魚圓魴魚方君子道以圓內義以方外而周公之德具焉名物解鱒鮅也人能以魴飭而必取之也不以法度則不足以得之故必以緵細之數九罭是也

鱨

小雅 魚麗

毛傳鱨揚也陸璣疏鱨一名黃頰魚似燕頭魚身形厚而長大頰骨正黃魚之大而有力解飛者徐州人謂之揚黃頰通語也陸德明音義江東呼黃鱨魚尾微黃大者尺七八寸許埤雅今黃鱨魚是也性浮而善飛躍故一曰揚也舊說魚膽春夏近下秋冬近上

名物解鱨鯊固美矣而不可多得故美不足言而以多為貴旨且多言旨而又多也魴鱧固多矣而陰物有一暴戾之氣則不美矣故多不足言而以美為貴旨多且旨言多而又旨也鰋鯉固多矣而又美取之易食之甘旨也多也皆不足言而以時取為貴旨旨且有蓋不時不足以為有也愚按鱨腮下有二橫骨兩鬚有胃群游作聲如軋軋故一名鉠軋性最難死今吳中呼為剛腮魚

鯊

爾雅鯊鮀郭璞註今吹沙小魚體圓而有點文陸璣疏魚狹而小常張口吹沙故名吹沙郭義恭廣志吹沙大如指沙中行晉安海物異名記鯊似鯽而狹小雅翼鯊非特吹沙亦止食細沙味甚美大者不過二斤然不若小者之佳今人呼爲重脣脣厚特甚有若鼉龜故名今江東小谿中每春極多土人珍之夏則隨水下是後罕矣大約正月先至次則鯉至次則鱖至桃花水至而鱖肥則三月矣埤雅鯊性善沈常沙中行亦于沙中乳子鱨魴鯉性浮鯊鱧鰋性沈愚按或問於余舊說鯊有二種海中鯊一名虎頭形大體足皮可爲刀劍鞘魚麗之鯊乃南方溪水中吹沙小魚同名異物乎曰然魚麗之鯊从沙从魚連文海中直名沙魚也

鱧

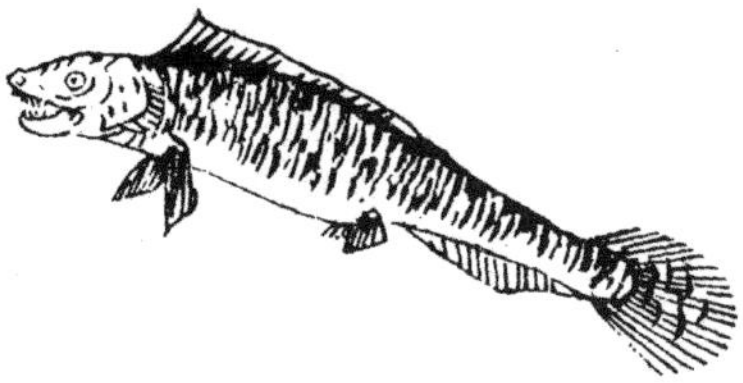

毛傳鱧鯛也爾雅鱧郭璞註鯛也埤雅今玄鱧是也諸魚中惟鱧魚膽甘可食有舌鱗細有花文一名文魚與蛇通氣其首戴星夜則北嚮葢北方之魚也舊說鱧是公蠣蛇所化至難死猶有蛇性故或謂之鰹也爾雅曰鰹大鮦小者鯢正義曰舍人云鱧名鯇郭璞云鱧鮦徧檢諸本或作鱧鱓或作鱧鯇或有本作鱧鰈者定本鱧鮦鮦與鱓音同愚按鯉鱣鰋鮎鱧鯇六魚舍人以鯉名鱣鱧名鯇孫炎以鰋爲鮎則是統六者爲三魚惟郭註爾雅別爲六魚當矣葢鱣之非鯉說見鱣註鱧鮦也大者鰹小者鯢卽吳中呼爲黑魚也若鯇又是一魚吳中呼爲鱓魚鱓與鯇同音混明是鱧之非鯇也鰋鮎詳下

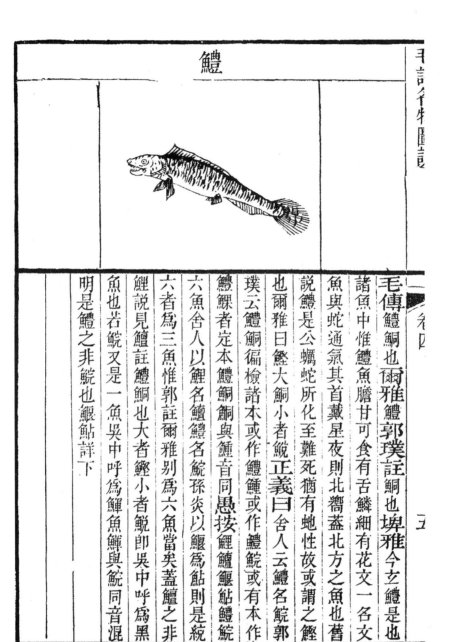

鰋

毛傳鰋鮎也爾雅鰋孫炎註鰋一名鮎郭璞註鰋今鰋額白魚鮎別名鯷江東呼鮎為鮧張揖廣雅鯷鮎也埤雅今鰋額白魚也一名鮎鰋魚偃鯉魚俯鱧魚圓魴魚方魚麗之詩曰鱨鯊魴鱧鰋鯉蓋鱨魦長魚也魴鱧則言其魚一圓一方鰋鯉則言其魚一偃一俯又以著萬物衆多也愚按釋魚鰋鮎並舉郭氏分釋之而邢昺謂其目驗言之也不為無據諸家皆以鮎為鰋相沿既久並蹈此誤舊說鰋魚身圓白額腹平著地故名鰋蘇頌圖經云背青口小名鮎據此明是兩物無疑强合况爾雅鯉鱣鰋鮎鱧鯇六魚鯉之不為鱣則知鰋之不為鮎鱧之不為鯇矣

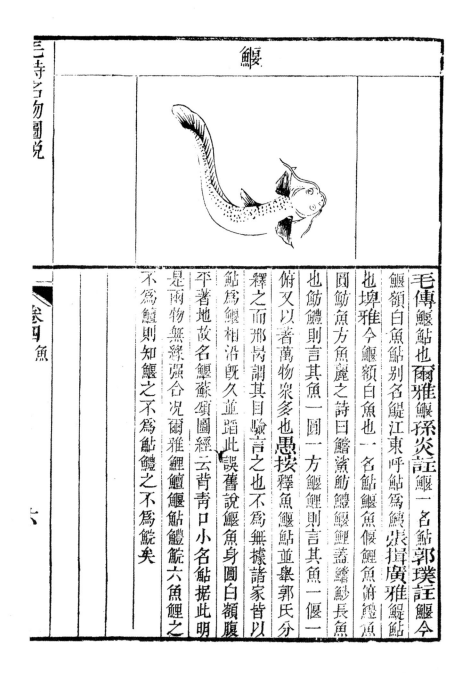

嘉魚

南有嘉魚

左思蜀都賦嘉魚出于丙穴李善註魚以丙日出穴水經注褒水又東南得丙水口水上承丙穴穴出嘉魚常以三月出十月入穴口廣五六尺去平地七八尺泉縣注魚自穴下透入水穴口向丙故曰丙穴任豫益州記似鱒蜀中謂之拙魚蜀郡山處處有之從石孔出雲南記雅州丙穴出嘉魚虞衡志嘉魚出梧火山下丙穴如小鱒魚多脂蜀中丙穴亦出埤雅鯉質鱒鱗肌肉甚美食乳泉出於丙穴先儒言丙穴在漢中沔南縣北有乳穴二常以三月取之穴口向丙故曰丙也朱子集傳出於沔南之丙穴愚按嘉魚産不一處皆云出于丙穴李善以丙日出爲丙穴然魚之出入止有時候不聞以日也或以魚尾謂丙作丙穴則不特嘉魚爲然酈氏陸氏以穴口向丙謂丙穴近似有理曰南有嘉魚謂之南者則在江漢之間即

鼈

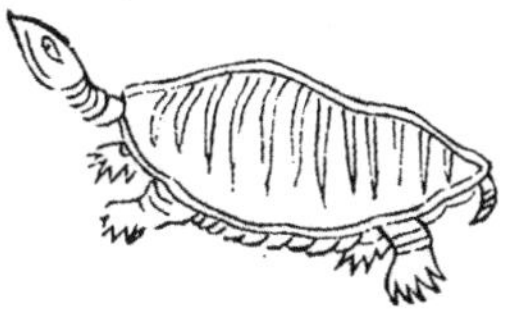

六月

今陝西漢中沔縣北有二所三八月取之

周禮鼈人掌取互物春獻鼈蜃秋獻龜魚禮記水潦降不獻魚鼈爾雅鼈三足能龜三足賁淮南子鼈無耳而目不可以瞥精於明也張華博物志九竅者胎生八竅者卵生龜鼈黿此諸類皆卵生而影伏雅翼易離爲鼈爲蟹爲龜以其骨在外肉在內也至考工記則以外骨爲龜屬內骨爲鼈屬以鼈外有肉緣比龜爲內骨耳埤雅鼈以眼聽膂脊連脅甲蟲也水居陸生詩曰炰鼈鮮魚鮮魚中膾者也又曰炰鼈膾鯉言熟則有炰鼈腥則有膾鯉也愚按爾雅疏云魚水蟲也至龜蛇貝鼈之類以其皆有鱗甲亦魚之類總以釋魚名篇余宗此旨亦附於魚類

虺

斯干

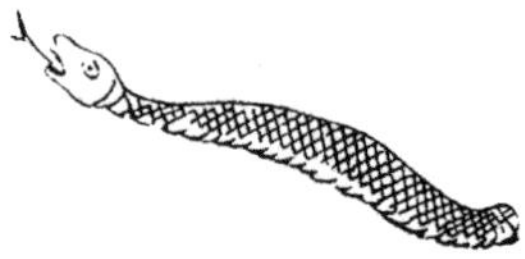

爾雅蝮虺博三寸首大如擘舍人曰蝮一名虺江淮以南曰蝮江淮以北曰虺孫炎注有牙最毒郭璞註此自一種蛇名爲蝮虺陶隱居曰蝮形短而扁陳藏器本草拾遺蝮著足斷足著手斷手囓樹則樹死蜀本圖經蝮蛇黃黑色黃頷尖口埤雅虺狀似蛇而小銘曰爲虺弗摧爲蛇奈何以此故也正月詩云哀今之人胡爲虺蜴虺一名蝮蛇之尤毒烈者一曰蝮與虺異虺如土色所在有之蝮蛇鼻反其上有針錦文衆蛇之中此獨胎產生輙坼副母腹亦有與地同色者逸齋詩補傳虺蛇在穴且柔弱隱伏故爲女子之祥

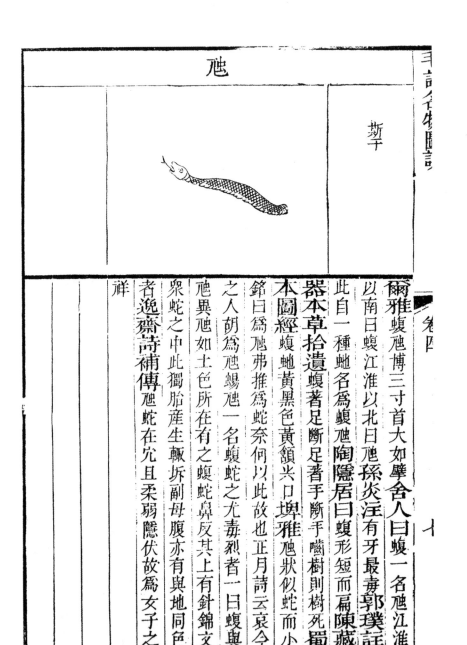

蛇

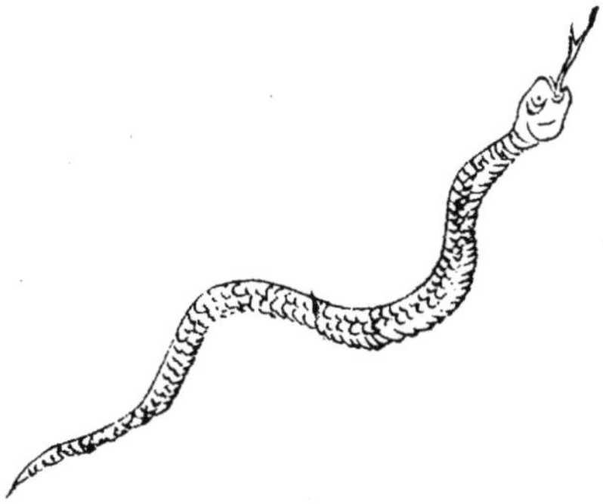

爾雅螣螣蛇蟒王蛇周易龍虵之蟄以存身也左傳深山大澤實生龍虵雅翼虵草居常飢得食稍飽輒蛻殼冬含土入蟄及春出蟄吐之謂之虵黃埤雅魚屬連行蛇屬紆行詩曰委蛇蓋取諸此舊說蛇盤常向壬地壬北方也蛇以眼聽

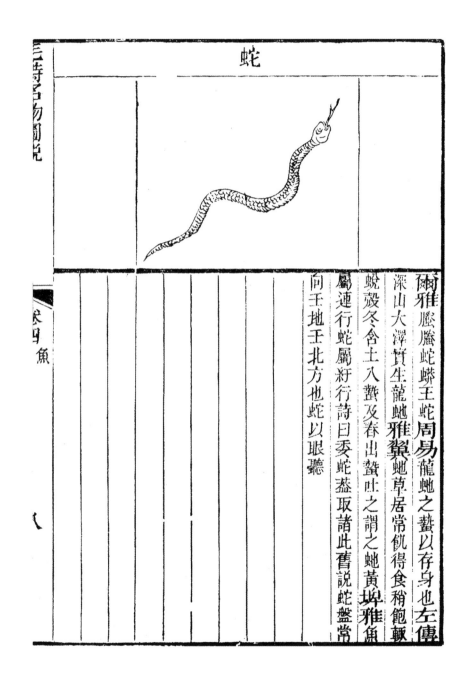

龜

小旻

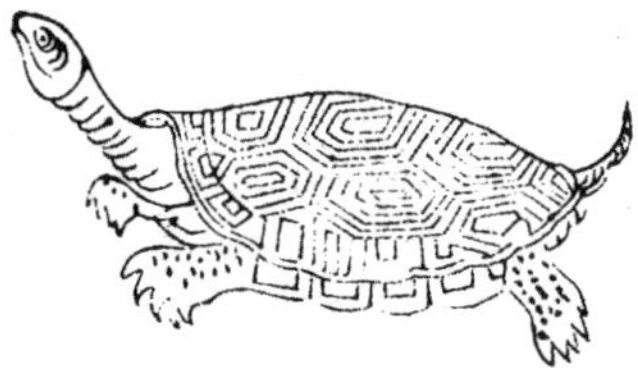

大戴禮甲蟲三百六十而龜爲之長月令季冬命太史釁龜筴爾雅一曰神龜二曰靈龜三曰攝龜四曰寶龜五曰文龜六曰筮龜七曰山龜八曰澤龜九曰水龜十曰火龜逸禮天子龜尺二寸諸侯八寸大夫六寸士民四寸龜經一千二百歲可卜天地之終始又云甲黃足赤眼白尾青腹黑者稟受五行之粹也埤雅龜舊也外骨內肉腸屬于首廣肩無雄與蛇爲匹故龜與蛇合謂之玄武易曰定天下之吉凶成天下之亹亹者莫大乎蓍龜蓋蓍老龜舊故古以龜卜蓍筮玉藻云卜人定龜史定墨君定體墨謂以墨畫龜占其食否洛誥所謂我卜澗水東瀍水西惟洛食傳曰卜必先墨畫龜然後灼之兆順食墨故卜師云揚火以作龜致其墨也補傳曰我龜既厭不我告猶言卜筮既數而瀆亦不復告以所謀之吉凶

貝

巻仙

書禹貢揚州厥篚織貝爾雅貝居陸贆在水者蜬大者魧小者鰿玄貝貽貝餘貾黃白文餘泉白黃文蚆博而頯蜠大而險蟦小而橢舍人曰貝水中蟲也李巡注餘貾貝甲黃爲質白爲文彩餘泉貝甲白爲質黃爲文彩邢昺疏古者貨貝周有泉貝至秦廢貝行泉在陸名贆在水名蜬至大名魧至小名鰿黑色之貝名貽黃質白文名餘貾白質黃文名餘泉中央廣兩頭銳名蚆大而險薄名蜠小而狹長名蟦相貝經縠尺如赤電黑雲謂紫貝素質紅黑謂珠貝青地綠文謂綬貝黑文黃畫謂霞貝埤雅獸二爲友貝二爲朋詩曰錫我百朋言錫貝之多也又曰萋兮斐兮成是貝錦錦文如貝謂之貝錦言讒人因寺人之近嫌而成其罪猶是因萋斐之形而文致之則成是貝錦也貝中肉如科斗而有首尾以其背用故謂之貝

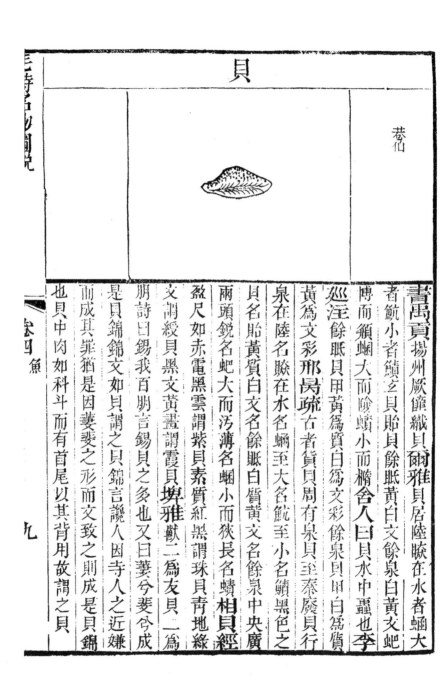

鼉

大雅靈臺

月令季夏之月命漁師伐蛟取鼉註皮可冒鼓陸璣疏鼉形似水蜥蜴四足長丈餘生卵大如鵝卵甲如鎧甲皮堅可冒鼓晉安海物記鼉宵鳴如桴鼓本草圖經長一丈者能吐氣成霧致雨力猛能攻陷江岸性嗜睡但目閉聲甚可畏人于穴掘之百人掘須百人牽一人掘須一人牽不然終不可出埤雅鼉將風則踴鼉將雨則鳴詩曰鼉鼓逢逢先儒以爲取皮冒鼓故曰鼉鼓蓋鼉鼓非特有取于皮亦其鼓聲逢逢然象鼉之鳴也又善夜鳴其數應更故又謂之鼉更

愚按夏小正云剝鼉以爲鼓說者謂取皮冒鼓多矣范逸齋謂樂作而鼉鳴援後世瓠巴鼓瑟流魚出聽伯牙鼓琴六馬仰秣爲證且以詩人兩言鼓鐘不應復言鼓而以皮冒鼓爲非其論可謂鑿空然虎爲鞹鯊爲鞘則鼉何不可冒鼓至不應復言鼓者試以經

鰷

周頌潛

解經如那詩兩言鞉鼓又言奏鼓又言庸鼓蓋古人立言質實不嫌複也

爾雅鮂黑鰦郭璞註卽白鯈江東呼爲鮂者埤雅魚形狹而長若條然故曰鰷也今江淮之間謂之䱗魚性浮似鱨而白蓋鱨从嘗䱗謂之飱其義一也雅翼纖長而白故曰白鰷又謂白鯈好游水上故莊子稱鯈魚出游從容以爲魚樂愚按本草生江湖中長數寸形狹而扁狀如柳葉鱗細而整潔白可愛好羣游一名白鯈一名䱗魚䱗音餐今吳中呼爲䱗鰷魚

毛詩名物圖說卷四終

荇

周南 關雎

爾雅釋草莕接余其葉苻郭璞註叢生水中葉圓在莖端長短隨水深淺江東食之亦呼莕陸璣草木蟲魚疏接余白莖葉紫赤色正圓徑寸餘浮在水上根在水底與水深淺等大如釵股上青下白鬻其白莖以苦酒浸之肥美可案酒蘇恭唐本草鳬葵即莕菜也生水中羅願爾雅翼荇菜今陂澤多有葉卷漸開雖圓而稍羨不若蓴之極圓也隨水平浮花則出水黃色六出今宛陵陂湖中彌覆頃畝日出照之如金俗名金蓮子嚴粲詩緝參差訓不齊今池州人稱荇爲莕公鬚蓋細荇亂生有若鬚然愚按荇似蓴菜而非蓴蓋蓴菜比荇而葉圓詩薄采其茆即蓴也陸氏德明云荇亦作莕接余也則荇與莕同俗呼爲荇絲菜許氏說文謂之䔖楚辭謂之屏風云紫莖屏風文緣波皆指此也

葛

葛覃

毛傳葛所以爲絺綌女功之事煩二者周官掌葛掌以時徵絺綌之材於山農凡葛征徵草貢之材於澤農周書葛小人得其葉以爲羹君子得其材以爲絺綌以爲君子朝廷夏服爾雅翼葛生山澤間其蔓延盛者牽其首以至根可二十步又一種鹿藿其生蔓延生食甜脆亦可蒸食有粉今之食葛非爲絺綌者也愚按葛根外白內紫其葉三尖其花纍纍成穗紅紫色其子色綠績其皮以爲布小爾雅曰葛之精者曰絺粗者曰綌

卷耳

卷耳

爾雅卷耳苓耳郭璞註廣雅枲耳亦云胡枲江東呼常枲或曰苓耳形如鼠耳叢生如盤陸璣疏葉青白色似胡荽白花細莖蔓生可煑爲茹滑而少味四月中生子如婦人耳中璫或謂之耳璫幽州人謂之爵耳張華博物志洛中人驅羊入蜀胡枲子多刺粘綴羊毛遂至中國故名羊負來雅翼幽冀謂之禮菜其實如鼠耳而蒼色上多刺着人衣一名葹離騷以喻小人所謂薋菉葹以盈室是也愚按陶隱居謂常思菜蓋以詩因懷人賦卷耳故得此名朱子集傳云据本草即今蒼耳俗呼其子爲蒼耳子

藟

樛木

張揖廣雅藟藤也郭璞曰今江東呼櫐爲藤似葛而麄大陸璣疏一名巨苽似燕薁亦延蔓生葉似艾白色其子赤可食酢而不美陸德明釋文藟本亦作櫐似葛之草也孔穎達正義藟與葛異亦葛之類也蘇頌圖經蔓延木上葉如葡萄而小五月開花七月結實青黑微赤冬惟凋葉即詩云藟也此藤大小盤薄又名千歲藟愚按樛木下垂故葛藟得以附而生以況后妃下逮故衆妾得以附而進左傳云葛藟猶能庇其本根以其藤蔓盤薄故纍也荒也縈也皆言茂盛之貌

芣苢

爾雅芣苢馬舄馬舄車前郭璞註今車前草大葉長穗好生道邊江東呼爲蝦蟆衣陸璣疏馬舄喜在牛跡中生故云車前當道幽州人謂之牛舌草可煑作茹大滑其子治婦人難産王肅引周書王會云芣苢如李出于西戎王基駁云王會所記雜物奇獸皆四夷遠國各賫土地異物以爲貢贄非周南婦人所得采是芣苢爲馬舄之草非西戎之木也圖經春初生苗葉布地如匙面累年者長及尺餘如鼠尾花甚細青色微赤結實如葶藶赤黑色今人五月採苗七八月采實愚按韓詩說云芣苢木名實似李直曰車前瞿曰芣苢又云芣苢澤寫也臭惡之菜我猶采取不已者以興君子雖有惡疾我猶守而不離去也以芣苢爲木亦如王會所說不免王基之駁矣郭璞芣苢贊云車前之草別名芣苢陸德明云其子治婦人生

蔞

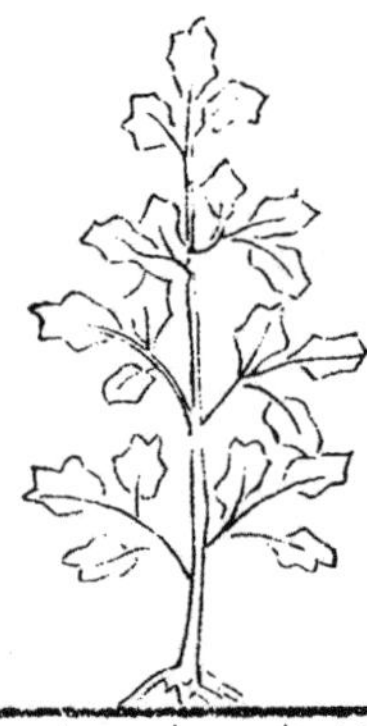

漢廣

雖邢昺云藥草也今醫方劑多用之不聞臭惡况澤瀉別是一物無緣强合而序云后妃之美也和平則婦人樂有子矣味詩人語氣何嘗刺君子之惡疾則韓氏之說非是

毛傳蔞草中之翹翹然釋草購商蔞郭璞註商蔞蔞蒿也生下田初生可啖江東用羮魚陸璣疏其葉似艾白色長數寸高丈餘好生水邊及澤中正月根芽生旁莖正白生食之香而脆美其葉又可蒸爲茹

蘩

召南 采蘩

毛傳蘩皤蒿也正義曰孫炎曰白蒿也然則非水菜此言沼沚者謂於其傍采之也下于澗之中亦謂於曲内非水中也陸璣疏凡艾白色爲皤蒿今白蒿春始生及秋香美可生食又可蒸邢昺疏本草註云此蒿葉粗於青蒿從初生至枯白於衆蒿又云葉似艾葉上有白毛粗澀俗呼蓬蒿可以爲葅故詩箋云以豆薦蘩菹陸佃埤雅蒿青而高蘩白而繁詩采蘩祁祁今覆蠶種尚用白蒿

蕨

草蟲

爾雅蕨虌郭璞註初生無葉可食江西謂之虌陸璣疏山菜也周秦曰蕨齊魯曰虌初生似蒜莖紫黑色可食如葵陸德明曰俗云初生似鱉脚故名虌埤雅狀如大雀拳足又如其足之蹷故謂之蕨俗云初生亦類鼈脚故曰虌也愚按今吳人呼之為虌脚菜

薇

毛傳薇菜也陸璣疏山菜也莖葉皆似小豆蔓生其味亦如小豆藿可作羹亦可生食今官園種之以供宗廟祭祀朱子集傳薇似蕨而差大有芒而味苦山間人食之謂之迷蕨三秦記夷齊食之三年顏色不變武王戒之不食而死胡明仲曰野人呼爲迷陽疑莊子所爲迷陽迷陽無傷吾行卽此也雅翼文王之時歌采薇以遣戍役一章作止二章柔止三章剛止故先儒以爲所遣有先中後輩首章則二月中旬遣之次章則三月上旬遣之三章則三月中旬遣之愚按釋草云薇垂水郭註云生於水邊據本草薇有二種生平原川谷者爲白薇生水旁者爲薇詩陟山采薇山有蕨薇則明是山菜非爾雅所謂垂水者采薇采薇先儒皆云菜也並未明言水陸所產然按采薇之詩曰彼路斯何曰戎車旣駕應從陸路采以爲食

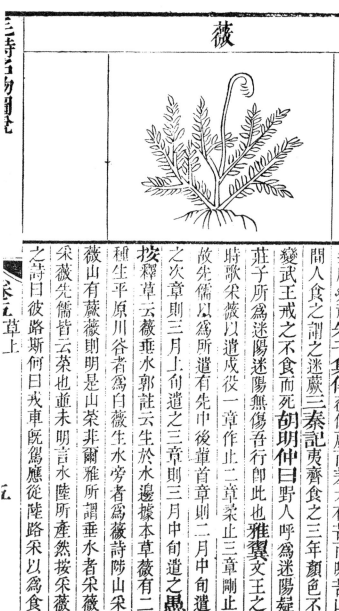

蘋

采蘋

亦非垂水者也並詳於此不復圖說

爾雅萍蓱其大者蘋郭璞註水中浮萍江東謂之薸陸璣疏今水上浮萍也其粗大者謂之蘋季春始生可糝蒸爲茹吳普本草生池澤葉圓一莖一葉根入水底五月白花陶隱居曰水中大萍五月有花白色非溝渠所生之萍乃楚王渡江所得卽斯實也蘇恭曰萍有三種大者蘋中者荇菜小者卽水上浮萍也

藻

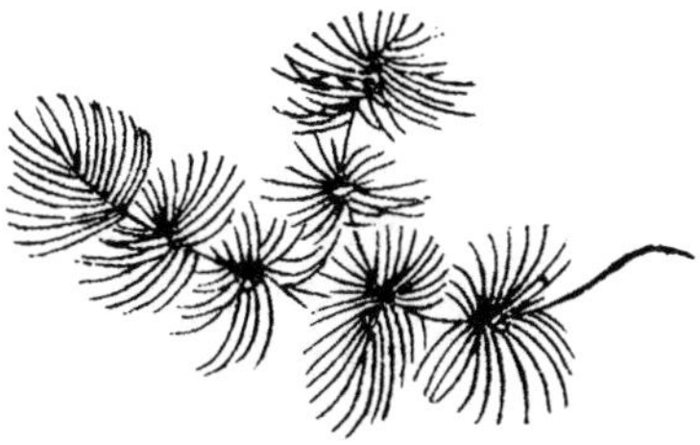

左傳蘋蘩薀藻之菜杜預註薀聚也毛傳藻聚藻也陸璣疏藻水草也生水底有二種其一種葉如雞蘇莖大如箸長四五尺其一種莖大如釵股葉如蓬蒿謂之聚藻二藻皆可食米麪糝蒸爲茹荆揚人饑荒以當穀食雅翼藻横陳於水如自澡濯若流水之中隨波衍漾莖葉條暢尤爲可喜故采藻於行潦也愚按葉生於莖一二寸兩兩對生即郭璞云馬藻陸璣所謂葉如雞蘇者是也葉細節節相生即傳云聚藻于以采藻是也

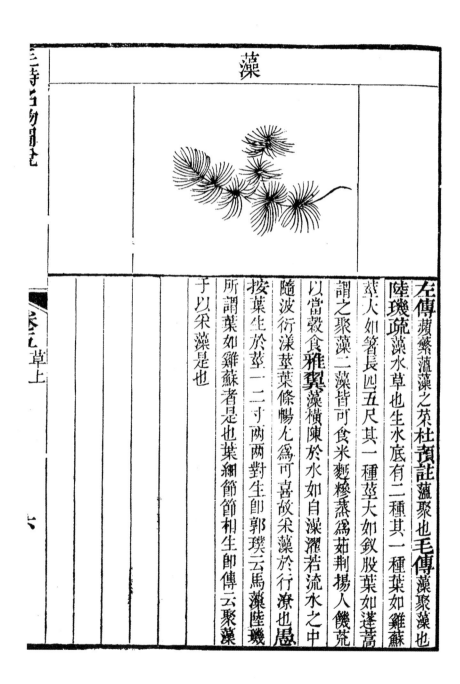

茅

野有死麕

易大過藉用白茅毛傳白茅取絜清也陸璣疏茅之白者古用包裹禮物以充祭祀縮酒用之正義曰傳曰爾貢包茅不入王祭不供無以縮酒以供祭祀明其絜清埤雅茅體柔而理直又絜白故先王用之以藉亦以縮酒圖經處處有之春生芽布地如針俗謂之茅針夏生白華其根絜白又有菅亦茅類愚按取絜白之茅以包束之猶可以爲禮又茅之始生者曰荑靜女云自牧歸荑是也

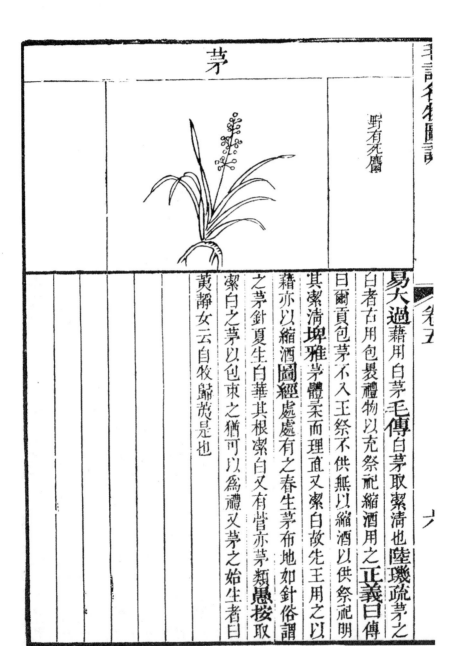

葭

騶虞

葦同

爾雅葭華郭璞註卽今蘆也毛傳葦之初生曰葭未秀曰蘆長成曰葦鄭康成箋葭記蘆始出者蘇恭本草根生下濕地莖葉似竹花名蓬蕽圖經葭卽蘆葦卽蘆之成者菼薍似葦而小或謂之薍卽荻也至秋堅成謂萑蒹似萑而細長高數尺愚按葭類不一其實三種中空皮薄色白者葭也蘆也葦也因其始生未秀長成故異其名一也似葦而小中空皮厚色蒼者菼也萑也薍也荻也可爲曲薄者一也似葦而細高數尺而中實者蒹也今以之作簾箔一也其莖皆如竹其葉皆如箬其華皆名芀本草一名蓬蕽其萌皆名虇郭氏云筍爲虇詩中所稱有五葭與葦也蒹也菼與萑也讀者不辨何怪舛譌

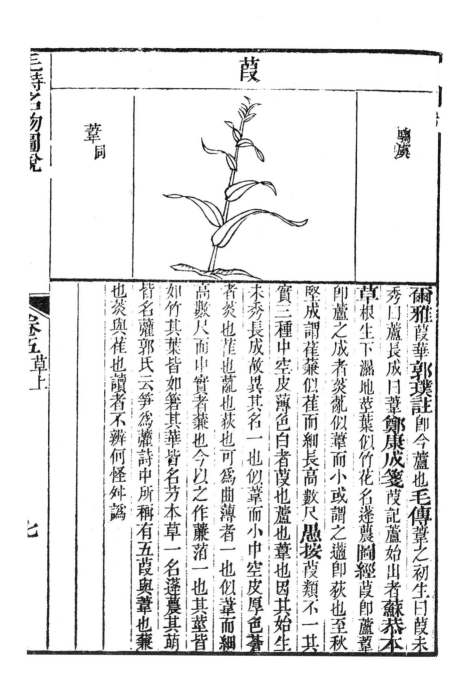

蓬

毛傳蓬草名也荀子勸學篇蓬生麻中不扶自直許慎說文蓬蒿也草之不理者也劉向說苑秋蓬惡於根本而美於枝葉秋風一起根且拔矣埤雅其葉散生末大於本故遇風輒拔而旋雖轉徙無常其相遇往往而有故其字从逢愚按說文云蓬蒿蓋言蓬者蒿也非如繁邢氏謂蓬蒿可以爲菹者此草亂生遇風則飛故曰自伯之東首如飛蓬有髮亂如飛蓬之喻釋草云齧彫蓬薦黍蓬此别蓬之種類耳

匏

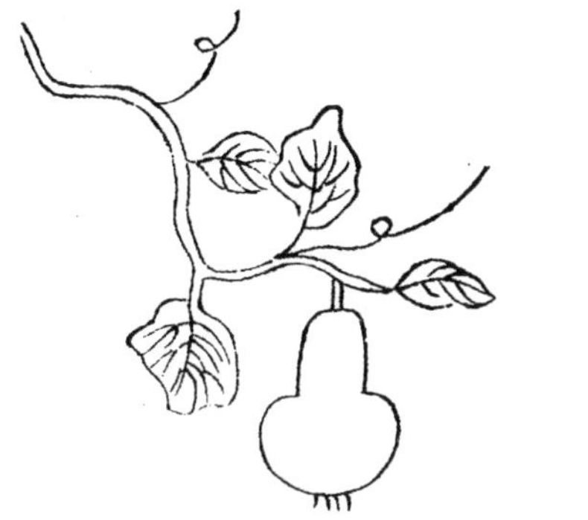

邶　匏有苦葉

外傳魯語叔向曰苦葉不材於人供濟而已**韋昭註**不材於人言不可食供濟而已佩匏可以渡水也**說文**匏瓠也**崔豹古今注**匏瓠也壺蘆瓠之無柄者瓠有柄者**埤雅**長而瘦上曰瓠短頸大腹曰匏傳云匏謂之瓠誤矣蓋匏苦瓠甘復有長短之殊定非一物也子曰吾豈匏瓜也哉焉能繫而不食以苦故也**詩緝**匏經霜其葉枯落然後乾之腰以渡水鶡冠子云中流失船一壺千金**愚按**毛傳止言葉苦不可食而不言匏可供濟者恐與厲揭相戾故耳實則佩匏可以渡也匏瓠形各不同誠如農師所說匏之用不特渡水漆之可爲樂器詩吹笙鼓簧八音中有匏是也可爲酒器篤公劉云酌之用匏以匏爲爵是也互詳瓠註

葑

谷風

毛傳葑須也正義曰釋草云須葑蓯孫炎曰須一名葑蓯坊記註云葑蔓菁也陳宋之間謂之葑陸璣云葑蕪菁幽州人或謂之芥方言云蘴蕘蕪菁也陳楚謂之葑齊魯謂之蕘關西謂之蕪菁趙魏之郊謂之大芥蘴與葑字雖異音實同即葑也須也蕪菁也蔓菁也葑蓯也蕘也芥也七者一物也詩緝江南有菘江北有蔓菁相似而異埤雅梗長葉瘦高者爲菘葉濶厚短者爲蕪菁

菲

毛傳菲芴也鄭箋此二菜者蔓菁與葍之類也皆上下可食然而其根有美時有惡時采之者不可以根惡時并棄其葉正義曰釋草云菲芴也郭璞曰土瓜也孫炎曰葍類也釋草又云菲蒠菜郭璞曰菲草生下濕地似蕪菁華紫赤色可食陸璣云菲似葍莖麤葉厚而長有毛三月中蒸鬻爲茹滑美可作羹幽州人謂之芴爾雅謂之蒠菜今河內人謂之宿菜爾雅菲芴與蒠菜異釋郭註似是別草如陸璣之言又是一物某氏註爾雅二處引此詩卽菲也芴也蒠菜也土瓜也宿菜也五者一物也其狀似葍而非葍故云葍類也

荼

爾雅荼苦菜郭璞註詩曰誰謂荼苦苦菜可食陸璣疏苦菜生山田及澤中得霜甜脆而美所謂菫荼如飴顏之推曰易通卦驗云苦菜生於寒秋更冬歷春得夏乃成花黃似菊邢昺疏本草一名荼草一名選一名游冬葉似苦苣而細斷之有白汁堪食但苦耳

詩緝經有三荼一曰苦菜二曰委葉三曰英荼此詩誰謂荼苦及唐采苓篇采苦采苦緜菫荼如飴之荼皆苦菜也良耜以薅荼蓼之荼委葉也鄭出其東門有女如荼英荼也鴟鴞予所捋荼傳云荼菼苕疏云萑之秀穗亦英荼之類愚按分釋荼類嚴坦叔辨之詳矣而集傳云荼苦菜蓼屬也詳見良耜按良耜註云荼陸草則荼與草不同朱子本意原不定指一物以薅荼蓼之荼孫炎曰穢草非苦菜也王肅曰陸穢明是與荼苦之荼異也

薺

爾雅蒫薺實郭璞註薺子味甘邢昺疏本草云薺味甘人取其葉作菹及羹亦佳其子別名蒫春秋繁露薺以冬美冬水氣也薺甘味也乘水氣而美者甘勝寒也陶隱居曰薺類多此是今人可食者葉作菹羹亦佳

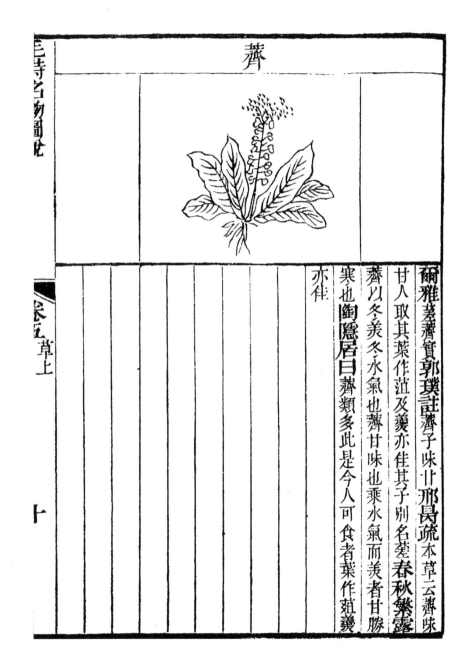

苓

簡兮

毛傳苓大苦正義曰釋草云蘦大苦孫炎曰本草云蘦今甘草是也蔓延生葉似荷青黃其莖赤有節節有枝相當或云蘦似地黃圖經甘草河西川谷積沙山及上郡今陝西河東州郡皆有之春生青苗高一二尺葉如槐葉七月開紫花冬結實作角子如畢豆詩采苓首陽首陽山在河東蒲坂縣今甘草所生處相近而先儒說苗葉與今全別豈種類有不同者乎

愚按爾雅毛傳皆謂大苦疑是味苦者故沈括以大苦爲黃藥然本草諸說並指甘草朱子集傳亦從之蓋古人語倒蘦甘草而云大苦猶之堇葵味甘而釋草乃謂之苦堇也

茨

鄘

牆有茨

爾雅茨蒺藜郭璞註布地蔓生細葉子有三角刺人韓詩外傳春植蒺藜夏不得采其葉秋得其刺焉陶隱居曰多生道上葉布地子有刺如菱而小長安最饒人行多着木履今軍家鑄鐵作之以布敵路名鐵蒺藜易云據于蒺藜言其凶傷詩牆有茨不可埽以刺梗穢也寇宗奭衍義蒺藜有二種一種杜蒺藜即今道旁布地而生或生牆上開小黃花結芒刺一種白蒺藜出同州沙苑牧馬處黃紫花作莢結子如羊內腎大如黍粒愚按茨生於牆不可埽者恐壞牆也又博雅云茨積也聚也詩曾孫之稼如茨如梁訓積聚也

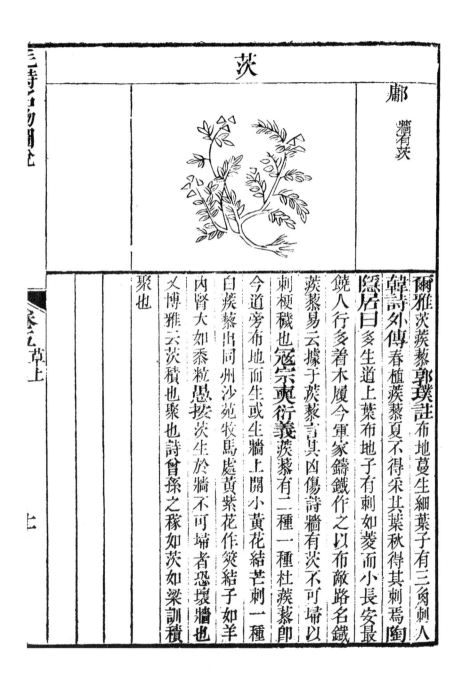

唐

桑中

毛傳唐蒙菜名正義曰釋草云唐蒙女蘿女蘿菟絲舍人曰唐蒙名女蘿女蘿又名菟絲孫炎曰別三名郭璞曰別四名則唐與蒙或并或別故三四異也以經直言唐而傳言唐蒙也頍弁傳曰女蘿菟絲松蘿也則又名松蘿矣釋草又云蒙玉女孫炎曰蒙唐也一名菟絲一名玉女則通松蘿玉女爲六名圖經本草菟絲無女蘿之名惟松蘿一名女蘿愚按女蘿菟絲是二物唐乃菟絲非女蘿也埤雅云在草爲菟絲在木爲女蘿二物殊別皆由釋草誤爲一物故也又据古樂府云南山羃羃菟絲花北陵青青女蘿樹由來花葉同一心今日枝條分兩處蓋蔓延樹上故曰女蘿樹也李白樂府云菟絲故無情隨風任顛倒誰使女蘿枝而來強縈抱則明是二物無疑或菟絲蔓延上施於木故有同心縈抱之說互詳女蘿註

麥

月令孟夏麥秋至**蔡邕曰**百穀各以初生為春熟為秋麥以初夏熟故四月於麥為秋**漢武帝紀**勸民種宿麥**顏師古曰**歲冬種之經歲乃熟故云宿麥**說文**麥金也金王而生火王而死**廣雅**麰大麥麳小麥**蘇恭本草**麰形似小麥而大謂之大麥**圖經**大小麥秋種冬長春秀夏實具四時中和之氣故為五穀之長地煖處亦可春種至夏便收**崽撥**麳麰統名曰麥故說文云來牟麥也本作來秠一作𪌹麰牧劉向引周頌曰貽我𪌹麰雅翼云大麥宜為飯又可為酢其櫱可為飴故說命云若作酒醴**爾雅**麴櫱**漢光武**謂馮異曰蕪蔞亭豆粥滹沱河麥飯

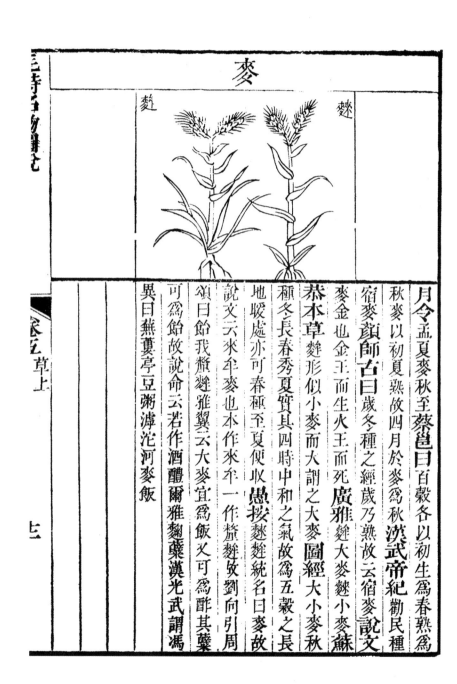

蝱

載馳

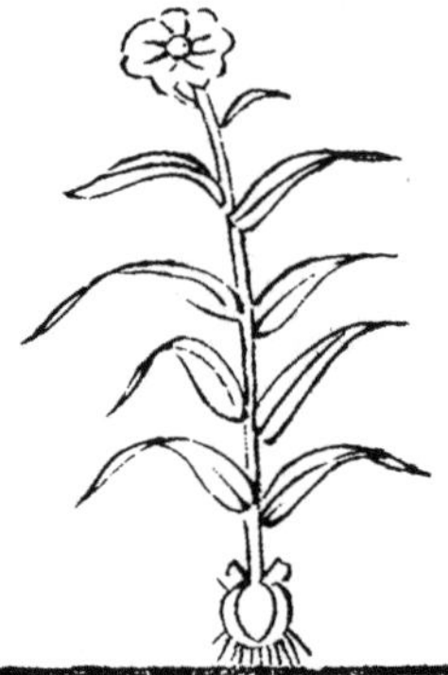

毛傳蝱貝母也爾雅莔貝母郭璞註根如小貝員而白華葉似韭陸璣疏蝱今藥草貝母也其葉如栝樓而細小子在根下如芋子正白四方連累相著有分解是也邢昺疏出近道形似聚貝子故云貝母也圖經二月生苗莖細青色葉隨苗出七月開花碧綠色形如鼓子花八月采根曬乾此有數種陸璣所說今近道出者郭璞所說此種罕復見之愚按莔一作蝱根狀如蝱也近道出者即今醫方土貝母是也惟川地者良詩載馳爲許穆夫人所作古許國隸今河南亦近地所出者本草云能散心胷鬱結之氣蓋采之欲療其疾也

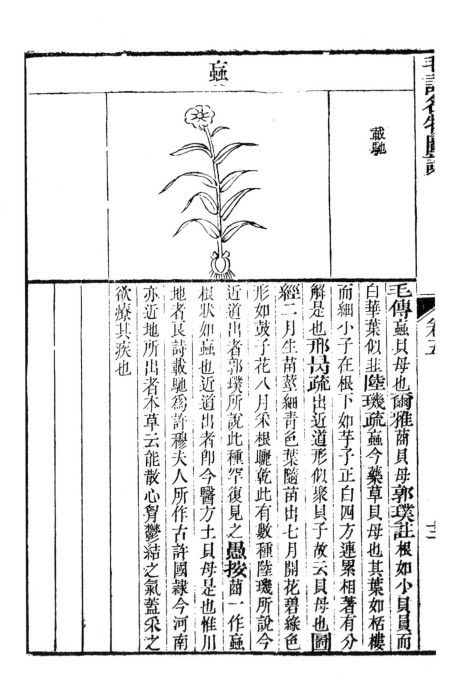

綠

衛 淇奧

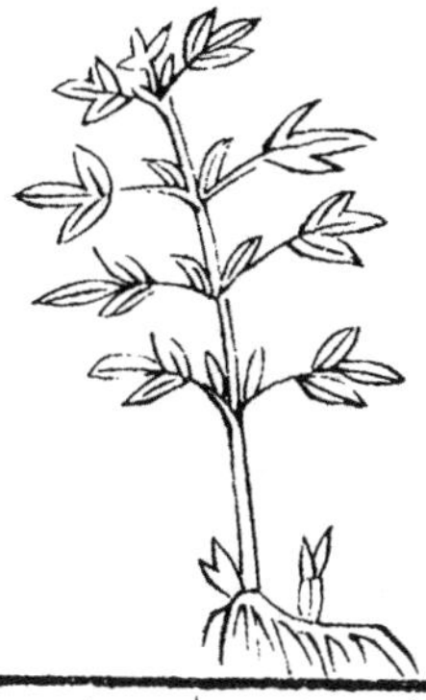

毛傳綠王芻也爾雅菉王芻郭璞註菉蓐也今呼鴟脚莎邢昺疏某氏曰鹿蓐也衛風菉竹猗猗是也唐本草葉似竹而細薄莖亦圓小生平澤溪澗之側一名藎草

竹

毛傳竹篇竹也**爾雅**竹篇蓄**郭璞註**似小藜赤莖節好生道旁可食可殺蟲**陸德明曰**綠竹並如字爾雅作菉音同韓詩竹作藩音徒沃反云藩篇筑也石經同**正義曰**釋草云菉王芻竹篇蓄李巡曰一物二名陸璣云綠竹一草名其莖葉似竹青綠色高數尺今淇隩傍生此人謂此爲綠竹此說非也詩有終朝采綠則綠與竹別草故傳依爾雅以爲王芻與篇竹異也**愚按**爾雅毛傳並謂綠王芻竹篇蓄韓詩作綠藩猗猗藩篇筑也亦分綠竹爲二惟朱子集傳云綠色也淇上多竹漢世猶然所謂淇園之竹是也而水經注云淇川無竹惟王芻篇草劉執中又云淇水之旁至今多羨竹今毛傳朱子並以羨盛起興信二說各自可通及按終朝采綠集傳云綠王芻則朱子亦不廢毛氏之說姑從毛傳分列二圖仍引朱傳而並參

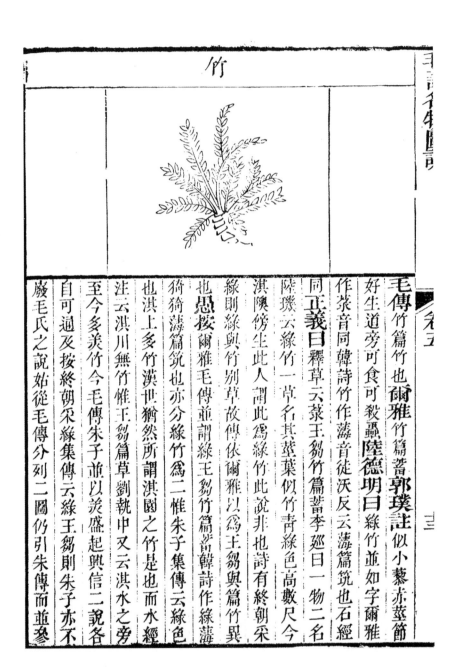

瓠

碩人

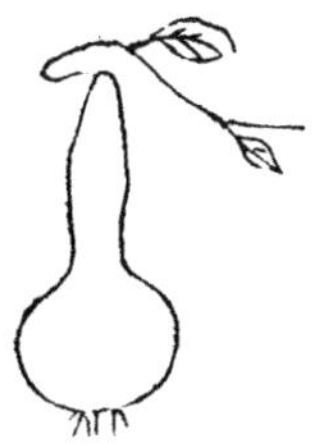

之

漢食貨志菜茹有畦瓜瓠果蓏埤雅瓠狀腰類于首尾類于腰微銳緣蔓而生雅翼瓠匏之甘者古者王政瓜瓠果蓏殖於疆場正月可種六月可畜其葉又可爲菜所謂幡幡瓠葉釆之烹之是也與匏以大小長短甘苦爲閒爾雅瓠棲瓣郭璞註瓠中瓣也詩云齒如瓠棲邢昺疏人之齒美者似之今詩文作犀

菼

萑同

爾雅菼薍郭璞註似葦而小實中今江東呼爲烏蓲說文菼雚之初生一曰薍一曰鵻薍菼也夏小正葦未秀爲蘆雚未秀爲菼正義曰釋草云葭蘆菼薍李巡曰分別葦類之異名郭璞曰蘆葦也薍似葦而小如李巡云蘆薍共爲一草如郭云則蘆薍別草大車傳曰菼鵻也蘆之初生則毛意以葭菼爲一草也陸璣云薍或謂之荻至秋堅成則謂之萑其初生三月中其心挺出其下本大如箸上銳而細揚州人謂之馬尾以今語驗之則蘆薍別草也愚按菼葦類也其初生曰菼一名薍又名鵻其長成曰荻至秋堅成謂萑可爲曲薄郎中空皮厚色蒼者郭云實中蓋以皮厚其中不皆實也互見葭註大車傳曰菼鵻也釋言曰菼騅也郭云草色如騅在青白之間者以釋畜蒼白雜毛故也字宜从馬从隹毛傳鵻字無據

芄蘭

芄蘭

爾雅雚芄蘭郭璞註蔓生斷之有白汁可啖陸璣疏一名蘿藦幽州人謂之雀瓢陶隱居曰蘿藦作藤生摘之有白乳汁人家多種之葉可生啖可蒸食之沈括曰支莢也芄蘭之莢支出於葉間垂之如觽狀恩按蔓延牆垣七八月開花小而長如鈴其色紫白結實中一子有白絨一條今吳中呼爲婆婆鍼綫包

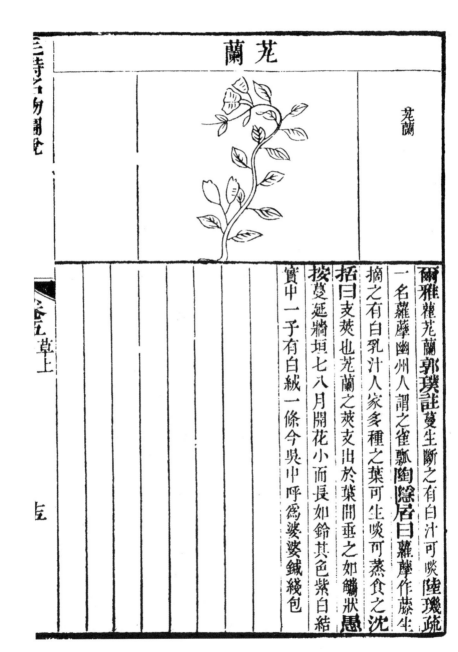

諼草

博物志神農經曰中藥養性謂合歡蠲忿萱草忘憂李石續博物志諼草一名鹿葱花名宜男風土記姙婦佩其花生男也則孫思邈以合歡爲萱草者誤董子曰欲忘人之憂贈以丹棘即諼也說文藼令人忘憂草也又作蘐及萱圖經五月採花八月採根用今人多採其嫩苗及花跗作葅王應麟玉海焉得萲草出爾雅音義愚按五月抽莖開花六出四垂朝開暮蔫花有紅紫黃三色結實三角令人采其花跗令乾貨之名黃花菜

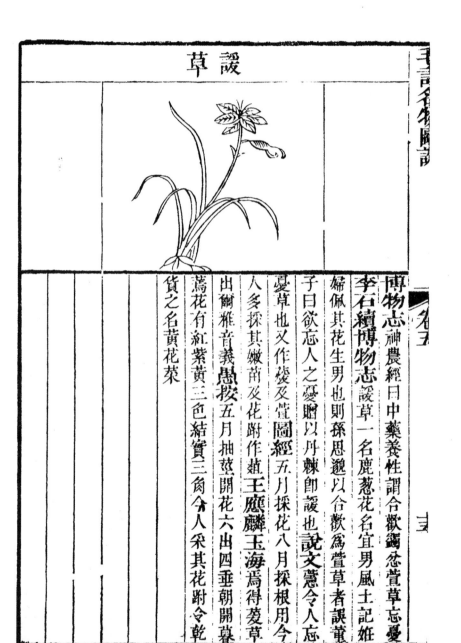

黍

王 黍離

曲禮黍曰薌合註黍熟則黏聚不散其氣又香故名說文禾屬而黏者也以大暑而種故謂之黍孔子曰黍可爲酒禾入水也詩緝黍有二種黏者爲秫可以釀酒不黏者爲黍如稻之有秔穤也氾勝之農書黍者暑也種必待暑先夏至二十日此時有雨强土可種黍博物志五土所宜黄白宜種禾黑墳宜麥黍蒼赤宜菽芋下泉宜稻得其宜則利百倍雅翼黍似稷故古人並言黍稷有赤黍白黍其類有黏不黏黏者別名秫月令造酒命大酋秫稻必齊蓋以此秫與稻之穤爲酒北人謂秫爲黄米亦謂之黄穤釀酒比穤稻差劣

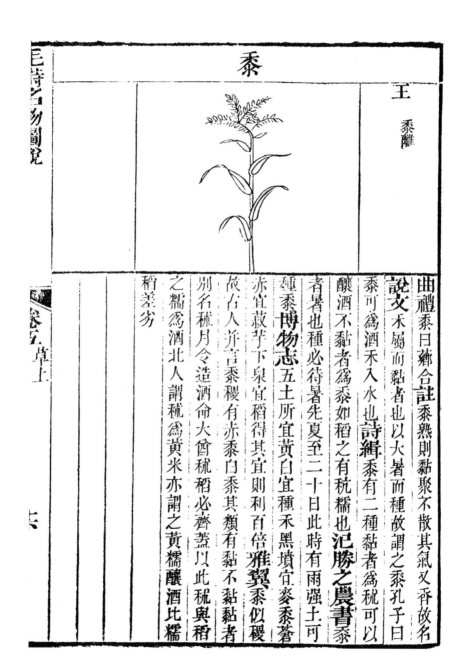

稷

爾雅粢稷邢昺疏左傳云粢食不鑿粢者稷也曲禮云稷曰明粢是也郭云今江東呼粟爲粢然則粢也稷也粟也正是一物而本草稷米在下品別有粟米在中品又似二物故先儒甚疑焉鄭樵通志稷苗穗似蘆而米可食應劭風俗通稷爲五穀之長五穀衆多不可徧祭故立稷而祭之蘇恭曰楚人謂之稷關中謂之糜呼其米爲黄米其苗類黍廣雅解曰如黍黑色本草衍義今謂之穄米先諸米熟故以供祭祀

愚按曰粢曰稷曰糜曰穄高誘云冀州謂之緊皆一物也惟郭云爲粟恐非本草粟味鹹稷味甘實不同也孔疏曰黍言離離稷言苗則是黍秀稷未秀六月時也稷之穗七月時也稷之實八月時也

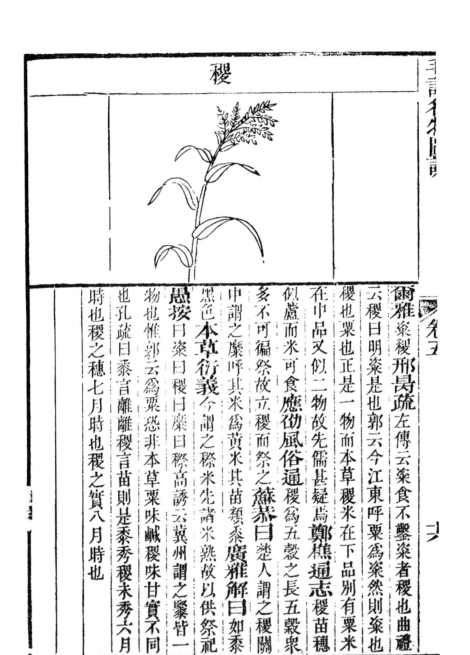

蓷

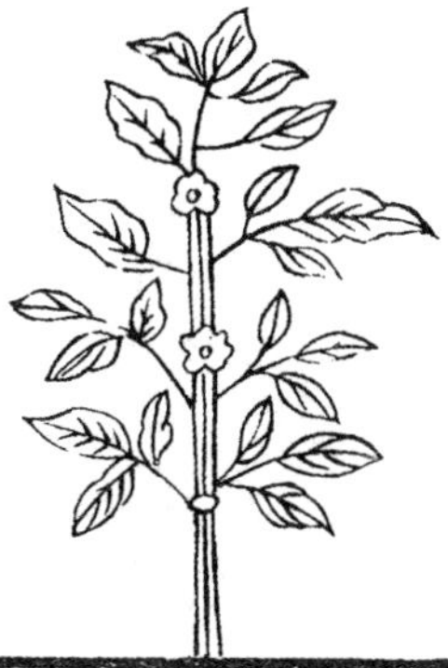

中谷有蓷

爾雅萑蓷廣雅益母葉似荏方莖白華華生節間郭璞註今茺蔚也李巡註臭穢草也陸璣疏舊說及魏博士濟陰周元明皆云菴蕳是也韓詩及三蒼說悉云益母故曾子見益母而感案本草茺蔚一名益母故劉歆曰蓷臭穢即茺蔚也許謙曰葉似荏荏者白蘇紫蘇類愚按今益母草有紅白花二種紅花者即爾雅所謂蕢也白花者即爾雅所謂蓷也莖葉相類生川谷間性宜卑濕故程子曰陰潤而生暵其乾矣與夫婦樂歲相保凶年必相棄

蕭

采葛

爾雅蕭荻陸璣疏今所謂荻蒿者是也或曰牛尾蒿似白蒿白葉莖麄科生多者數十莖可作燭有香氣故祭祀以脂爇之爲香許愼以爲艾蒿非也郊特牲云既奠然後爇蕭合馨香是也雅翼蕭生於春待秋三月乃成

艾

爾雅艾冰臺郭璞註今艾蒿博物志削冰令圓舉以向日以艾承其影則得火艾曰冰臺以此埤雅艾字从乂草之可乂病者一曰灸草圖經處處有之初春布地生苗莖類蒿葉背白三月三日五月五日采葉暴乾陳久者良即孟子所謂三年之艾是也愚按今吳人呼為蘄艾以蘄州出者尤勝故耳

麻

丘中有麻

爾雅䕡枲實又云枲麻又云莩麻母邢昺疏枲麻也䕡者即麻子名也故云䕡枲實也麻一名枲故郭云別二名苴麻之盛子者一名莩一名麻母雅翼麻之屬總名麻別而言之則有實者名苴無實者名枲子夏喪服傳曰苴經者麻之有蕡者也牡麻者枲麻也蕡即實也牡即無實之名然亦通名麻枲蘇頌曰田園所蒔績其皮以爲布愚按麻不一名吳普曰方莖今吳中呼爲芝麻其實可爲油孟詵云油麻是也又一名胡麻一名巨勝陶隱居謂純黑者名巨勝巨大也本生大宛故名胡麻又以莖方名巨勝圓者名胡麻蘇恭曰角作八稜者爲巨勝四稜者爲胡麻並取子黑者爲良皆有實也又一種紵麻宿根在地至春自生不歲種也疑即所謂牡者歟寇宗奭曰諸說參差不一止是今人謂脂麻更無他義

毛詩名物圖說卷六

吳中徐　鼎實夫輯

草中

葵　菽　瓜　壺

苴　韭　果臝

荷

鄭 山有扶風

爾雅釋草荷芙蕖其莖茄其葉蕸其本蔤其華菡萏其實蓮其根藕其中的的中薏李巡註皆分別蓮莖華葉實之名芙蕖其總名也別名芙蓉江東呼荷菡萏蓮華也的蓮實也薏中心也郭璞註蔤莖下白蒻在泥中者蓮謂房也崔豹古今注華有赤白紅紫青黃數色紅白差多大者至百葉陸佃埤雅荷總名也其的中有青爲薏皆倒生兩牙一成芰荷一藕荷也又生一牙爲華藕荷帖水生藕者也芰荷無藕卷荷也與華偶生出水上亭亭如織者亦或謂之距荷藕荷一本其支旁行爲藕節生一葉一華愚按今吳中呼葉爲荷葉華爲荷華而舊說北方或以藕爲荷或以蓮爲荷蜀人以藕爲茄或用其母爲華名或用根子爲母葉號此皆習俗傳譌也澤陂詩荷蕳菡萏鄭箋蕳當作蓮者以上下皆言蒲荷不宜別據他草故

龍

也圖說並見於此下不復載

毛傳龍紅草也鄭康成箋游龍猶放縱也紅草放縱枝葉於隰中爾雅紅蘢古其大者蘬郭璞註俗呼紅草爲蘢鼓語轉耳陸璣疏一名馬蓼葉大而赤白色生水澤中高丈餘陶隱居本草馬蓼生下濕地莖班葉大有黑點最大者是葒草愚按依陶說則馬蓼自是一種葒草似馬蓼而大下濕地多有之今吳中呼爲水葒草是也又龍草而曰游猶松而曰橋詩人取橋游爲義並非草木之名故去游止言龍

茹藘

東門之墠

爾雅茹藘茅蒐李巡註茅蒐一名茜可以染絳陸璣疏一名地血齊人謂之茜徐州人謂之牛蔓張揖廣雅地血茹藘蒨也蜀本圖經染緋草葉似棗葉頭尖下濶莖葉俱澁四五葉對生節間蔓延草木上根紫赤色今所在有八月採根愚按草之盛者為蒨牽引為茹連覆為藘故名茹藘蒐乃人血所化則草鬼為蒐以此東方有而少不如西方多則西草為茜以此地官掌染草掌以春秋斂染草之物正此類也

荼

出其東門

毛傳荼英荼箋荼茅秀物之輕者飛行無常孔穎達正義釋草有荼苦菜又有荼委葉邶風誰謂荼苦卽苦菜也周頌以薅荼蓼卽委葉也鄭於地官掌荼注及旣夕注與此箋皆云荼茅秀然則此言如荼乃是茅草秀出之穗非彼二種荼也毛言荼英荼者六月云白旆央央是白貌茅之秀者其穗色白言女皆喪服色如荼然吳語說吳王夫差於黃池之會陳兵以脅晉萬人爲方陣皆白常白旟素甲白羽之矰望之如荼韋昭云茅秀亦以白色爲如荼與此傳意同應劭曰荼野菅白華也顏師古曰菅茅也言美色如茅荼之柔也李樗曰漢禮樂志曰顏如荼

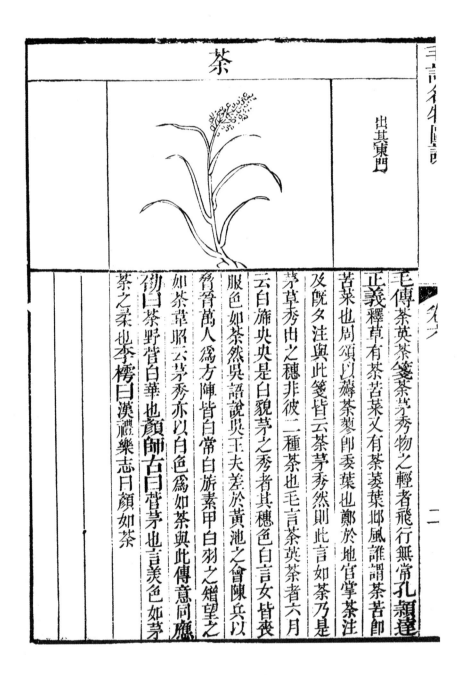

蕑

溱洧

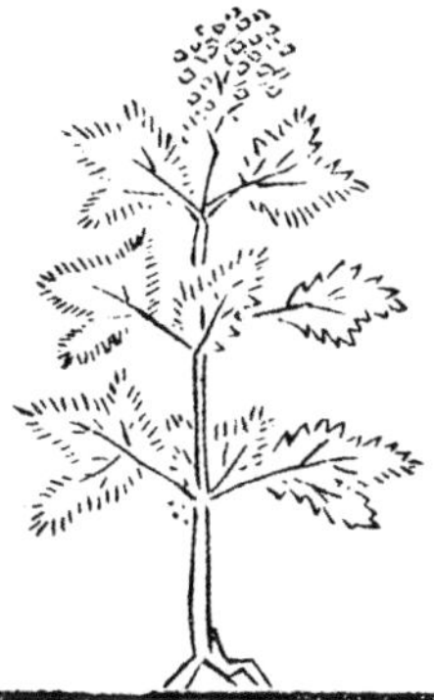

毛傳蕑蘭也夏小正五月蓄蘭爲沐浴也陸佃曰蘭草爲蘭闌不祥也盛弘之荆州記都梁縣有山山下有水清泚其中生蘭草名都梁香因山爲號其物可殺蟲毒除不祥太平御覽當此盛流之時衆士與女相與秉蕑而祓除陳藏器本草拾遺蘭草婦人和油澤頭故曰蘭澤愚按蕑釋草無文人多以蘭蕙之蘭當之然蘭爲王者香人服媚之不聞用以祓除不祥據本草云葉似澤蘭而尖有岐細華成穗而香此草可辟惡氣即內則佩帨茝蘭是也今吳俗采葉置髮可令不膩是與夏小正陳藏器之言相符疑即此也今俗呼爲佩蘭葉

勺藥

韓詩外傳勺藥離草也廣雅攣夷芍藥也古今注牛亨問曰將離別贈以芍藥者何答曰芍藥一名可離故將別以贈之亦猶相招召贈之以文無文無一名當歸也欲忘人之憂則贈以丹棘丹棘一名忘憂草欲蠲人之忿則贈以青堂青堂一名合歡樹又芍藥有二種草勺藥木勺藥木者花大而色深俗呼牡丹非也圖經春生紅芽作叢莖二三枝五葉似牡丹而狹長高一二尺夏開花有紅白紫數種子似牡丹而小秋時采根根亦有赤白二色

莠

齊　甫田

仲虺之誥若苗之有莠外傳魯語馬餼不過稂莠韋昭注莠草似稷而無實孟子孔子曰惡莠恐其亂苗也趙岐註莠之莖葉似苗愚按秀而不實者曰莠故字从草从秀穗長多毛其形象狗尾今兒中呼爲狗尾草所處有之穗不結實而言之不實者亦謂之莠言故正月云莠言自口

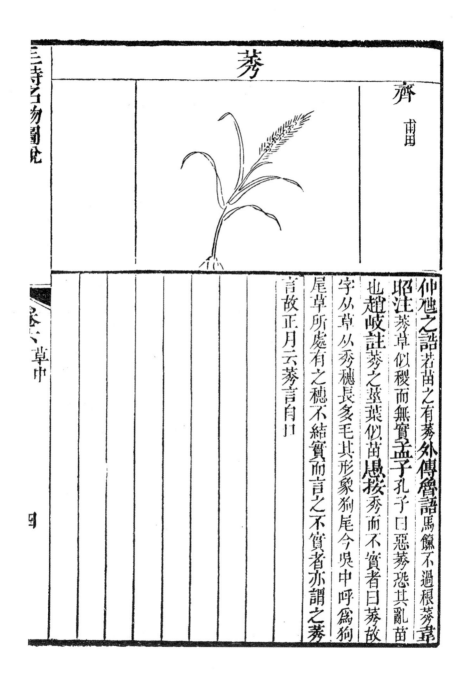

莫

魏 汾沮洳

毛傳莫菜也正義曰陸璣疏云莫莖大如箸赤節節一葉似柳葉厚而長有毛刺今人繅以取繭緒其味酢而滑始生可爲羹又可生食五方通謂之酸迷冀州人謂之乾絳河汾之間謂之莫埤雅子如楮實而紅冀人謂之乾絳蓋以此也今吳越呼爲茂子

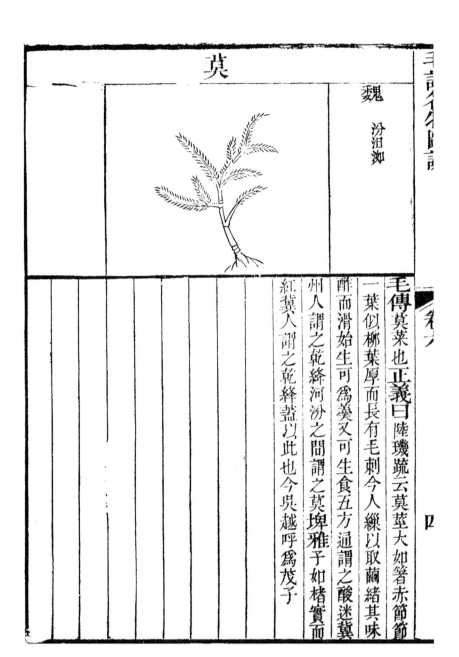

藚

爾雅藚牛脣郭璞注毛詩傳曰水蕮也如藚斷寸寸有節拔之可復郱詩疏李巡曰别二名陸璣以爲今澤蕮也郭氏所不取愚按郭璞不取藚爲澤瀉者以釋草又云蕍蕮故也蕍蕮郭云今澤蕮也邢氏依本草作澤瀉一名水瀉一名及瀉一名芒芋一名鵠瀉此皆澤瀉别名也人多以毛傳有水蕮之名故混爲澤瀉其實非也

稻

唐 鴇羽

稌同

爾雅稌稻郭璞註今沛國呼稌邢昺疏周頌豐年多黍多稌內則牛宜稌豳風十月穫稻是一物也案沛國謂稻爲糯秔稻屬也字林云糯黏稻也秔稻不黏者本草以粳米稻米爲二物秔與粳古今字然秔糯甚相類黏不黏爲異耳依說文稌稻卽糯也江東呼稬乃亂切蔡邕月令章句十月穫稻人君嘗其先熟故在九月熟者謂之半夏稻顏師古曰本草稻米今之糯米戴侗稻者或謂穬穀之通名或謂溉種之通稱蓋有粳糯二種糯米白如霜粒圓黏可作酒月令秫稻必齊是也粳米不黏煑飯食之論語食夫稻是也統得稻名蓋稻字从禾以種通其稱粳糯字从米以色味別其名也

粱

楊泉物理論粱者黍稷之總名稻者溉種之總名菽者眾豆之總名三穀各二十種爲六十蔬果之實助穀各二十凡爲百穀故詩曰播厥百穀范計然曰東方多麥稻西方多麻北方多菽中央多禾五土之宜各有高下高而陽者多豆平而陰者多五穀蘇恭曰粱雖粟類細論則別黃粱穗大毛長穀米麤白粱穗大多毛且長而穀粗扁不似粟圓也青粱殼穗有毛粒青米亦微青而細于黃白粱氾勝之農書粱是秫粟今俗謂之粱古祭祀所用粢盛是也可作粢食及釀酒亦如糯米或云粱亦有粳者羅願爾雅翼古不以粟爲穀名但米有孚殼者皆稱粟今人以穀之最細而圓者爲粟則粱是其類古天子之飯有白粱黃粱者明取二種耳

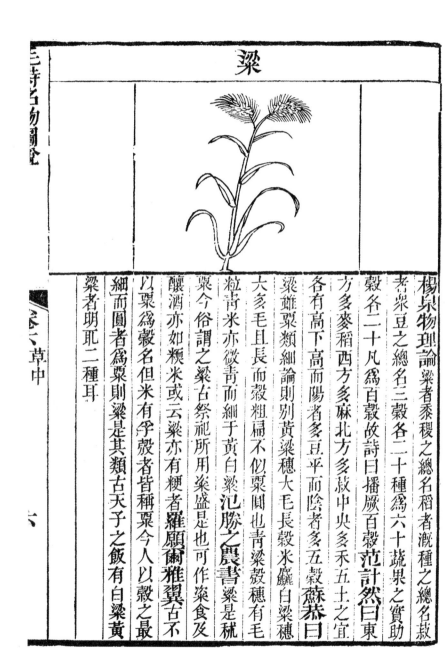

蘞

蘞生

毛傳蘞生蔓于野陸璣疏蘞似栝樓葉盛而細其子正黑如燕薁不可食也幽州人謂之烏服其莖葉煮以哺牛除熱正義曰葛蘞皆是蔓草發此蒙彼故以喻婦人外成他家也

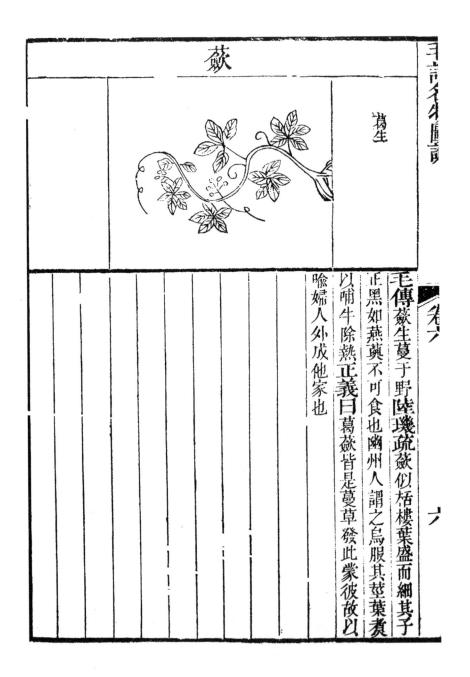

蒹

秦 蒹葭

爾雅蒹薕郭璞註蒹似萑而細高數尺江東呼爲薕陸璣䟽蒹水草也堅實牛食之令牛肥彊靑徐人謂之蒹兗州遼東通語也埤雅薕高數尺今人以爲蕭箔因此爲名愚按互見葭註

荍

陳　東門之枌

毛傳荍芘芣也正義曰舍人曰荍一名蚍衃郭璞曰今荊葵也似葵紫色謝氏曰小草多花少葉葉又翹起陸璣疏云芘芣一名荊葵似蕪菁華紫綠色可食微苦是也圖經蜀葵似葵花如木槿花有五色小花者名錦葵卽荊葵也

紵

東門之池

陸璣疏紵亦麻也科生數十莖宿根在地中至春自生不歲種也荆揚之間一歲三収今官園種之歲再刈刈便生剝之以鐵若竹挾之表厚皮自脫但得其裏韌如筋者謂之徽紵今南越紵布皆用此麻愚按苧麻作紵可以績紵故名紵凡麻細者爲絟麤者爲紵剝其皮必先漚之於水使之柔韌績以爲布今吳中呼爲績苧是也

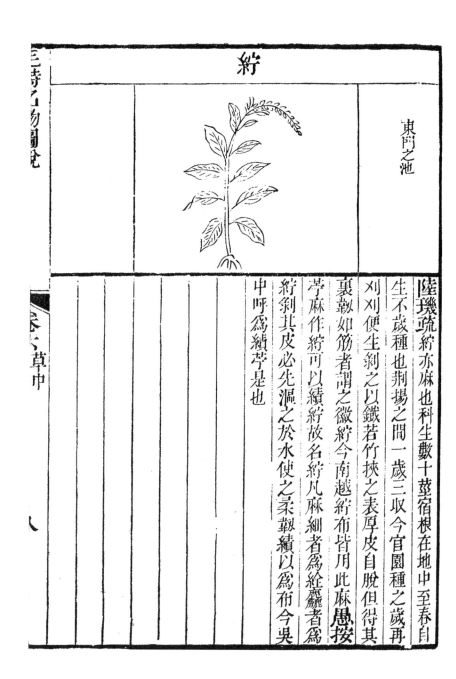

菅

山海經吳林之山其中多葌草注葌草即菅也毛傳白華野菅也已漚爲菅正義曰釋草云茅菅白華一名野菅郭璞曰茅屬也此白華亦是茅菅類也漚之柔韌異其名謂之爲菅因謂在野未漚者爲野菅也愚按成九年左傳逸詩云雖有絲麻無棄菅蒯蓋黃華者俗名黃芒即蒯也白華者俗名白芒即菅也又菅與茅異茅春時華菅秋時華結實尖黑長分許其根如細竹根范祖禹曰菅以爲屨

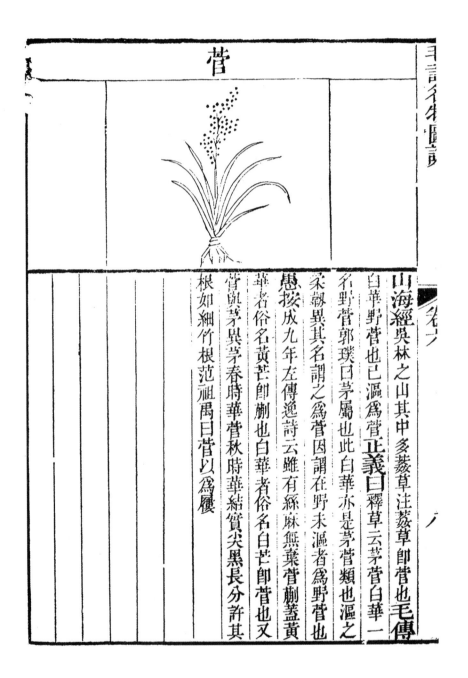

苕

防有鵲巢

毛傳苕草也正義曰苕之華傳云苕陵苕此直云苕草彼陵苕之草好生下濕此則生於高丘與彼異也

陸璣疏云苕苕饒也幽州人謂之翹饒夏生莖如勞豆而細葉似蒺藜而青其莖葉綠色可生食如小豆藿也

鷊

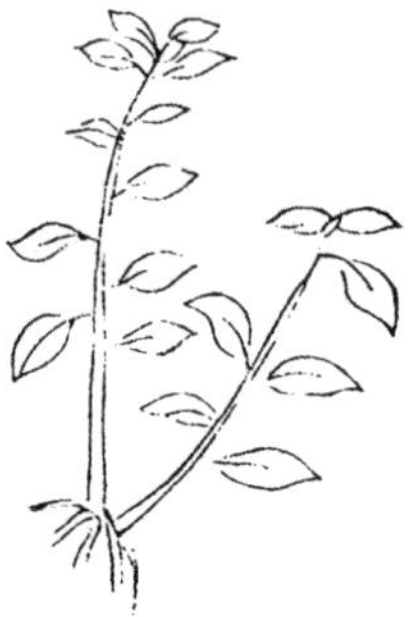

爾雅鷊綬郭璞註小草有雜色似綬也陸璣疏鷊五色作綬文故曰綬艸歐陽修曰綬草雜衆色以成文猶多言交織以成惑義與貝錦同董逌曰鷊傳作鷏劉瑾曰埤雅云鷊本鳥名亦名綬鳥咽下有囊如小綬具五色鷊草之名豈因其似鷊鳥而取義乎

蒲

彼澤之陂

毛傳蒲草也許愼說文水草也可以作席陸璣疏蒲始生取其中心入地者名蒻大如匕柄正白生噉之甘脆煮而以苦酒浸之如食筍法埤雅蒲似莞而褊生於水厓輕揚善泛柔滑而溫可以爲席愚按嚴粲云莞精蒲麁詩下莞上簟莞似蒲而精陸疏云醋浸如食筍卽韓奕其蔌維何惟筍及蒲是已

萇楚

檜　隰有萇楚

爾雅萇楚銚弋郭璞註今羊桃也或曰鬼桃葉似桃華白子如小麥亦似桃陸璣疏葉長而狹華紫赤色其枝莖弱過一尺引蔓于草上今人以爲汲灌重而善没不如楊柳也近下根刀切其皮著熱灰中脫之可韜筆管陶隱居曰子細小苦不堪噉山野多有之

稂

曹 下泉

毛傳稂童粱正義曰舍人曰稂一名童粱郭璞曰莠類也陸璣疏云禾秀爲穗而不成崱嶷然謂之童粱今人謂之宿田翁或謂宿守也甫田云不稂不莠外傳曰馬不過稂莠皆是也此稂是禾之秀而不實者故非灌溉之草得水而病愚按稂非野草亦草類也本草謂之狼尾草鄭箋云稂當作涼涼草蕭蓍之屬正義曰釋草不見草名涼者未知鄭何所據愚以爲經明言稂不必作別字解

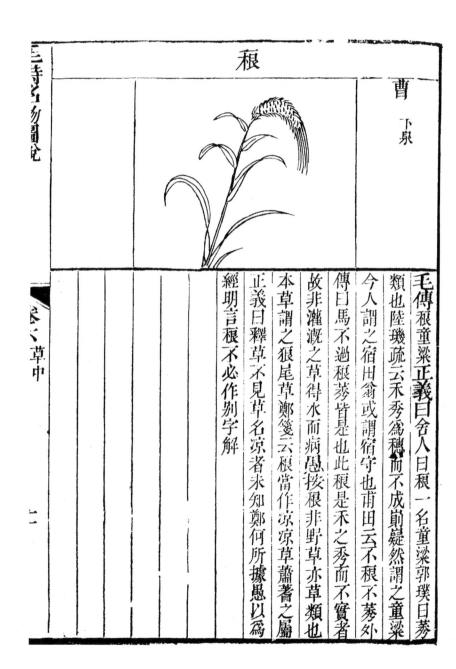

蓍

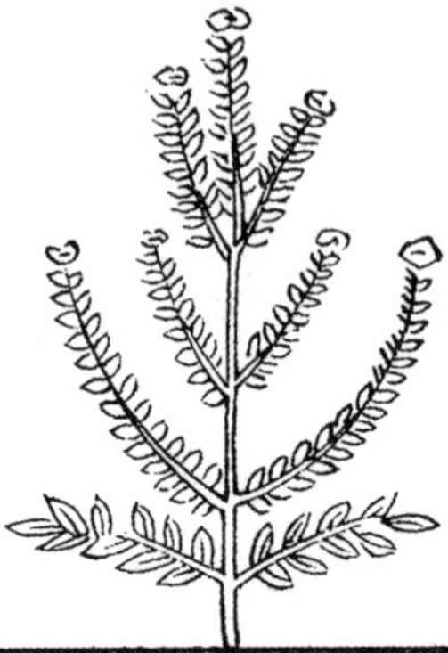

白虎通蓍之言耆也老人歷年多更事久能盡知也張華博物志蓍一千歲而三百莖其本已老故知吉凶陸璣疏似藾蒿青色科生說文蒿屬生千歲三百莖易以爲數天子蓍九尺諸侯七尺大夫五尺士三尺說原草植三百六十蓍爲之長圖經蓍生作叢條直秋後有花出於枝端紅紫色埤雅上有叢蓍下有伏龜則龜蓍必相爲用

葽

豳　七月

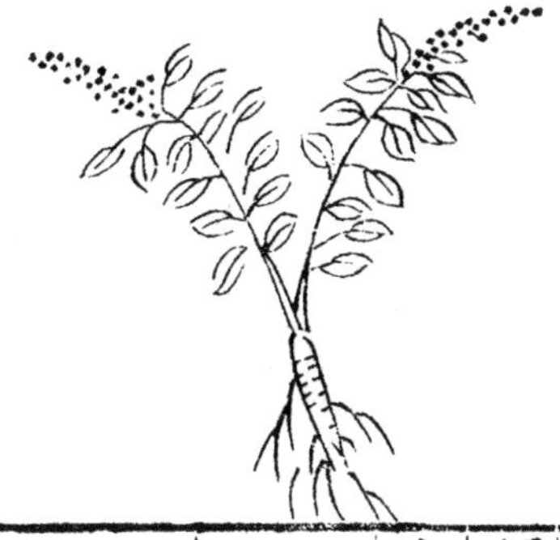

爾雅葽繞蕀蒬郭璞註今遠志也似麻黄赤華葉銳而黄其上謂之小草博物志苗曰小草根曰遠志王應麟詩攷四月秀葽諸儒不詳其名惟說文引劉向說以爲苦葽曹氏以爾雅本草證之知其爲遠志陶隱居曰小草狀似麻黄而青世說謝安曰處則爲遠志出則爲小草

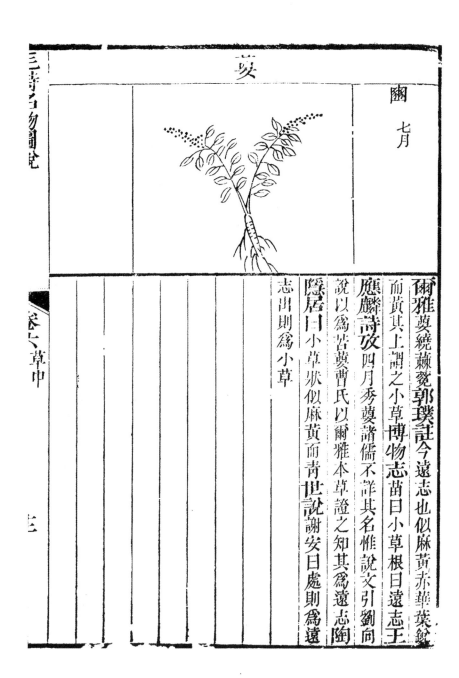

薁

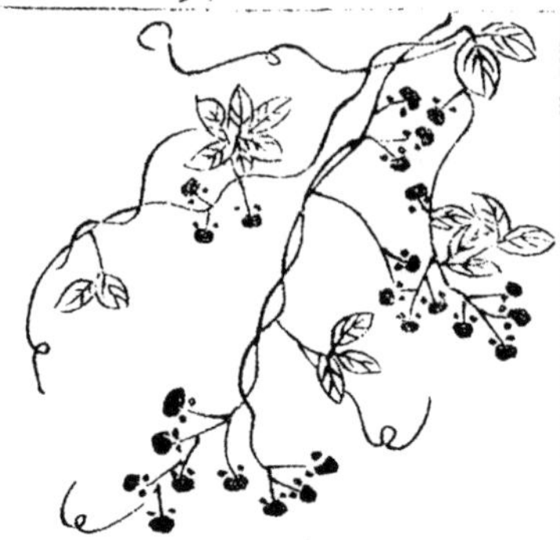

說文薁蘡薁也詩疏一名車鞅藤詩六月食薁此也
本草蘡薁子生江東實似葡萄小而圓味酸色不甚
紫

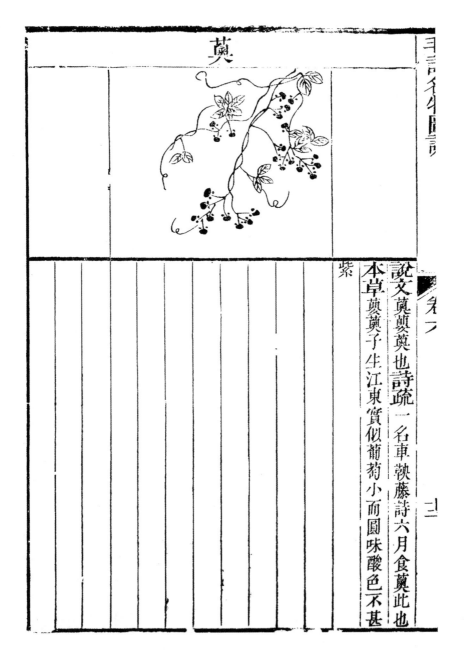

葵

爾雅蔠葵蘩露郭璞註承露也大莖小葉華紫黃色邢昺疏葵類一名蔠葵一名蘩露史記公儀子休爲魯相食葵而美拔其園葵棄之集傳葵菜名呂祖謙曰可茹愚按本草落葵二月種嫩苗可食五月蔓延葉如杏葉而肥厚可啖八九月開細花紫色累累結實大如五味子熟則採取汁紅如臙脂女人飾面點脣染布謂之胡臙脂

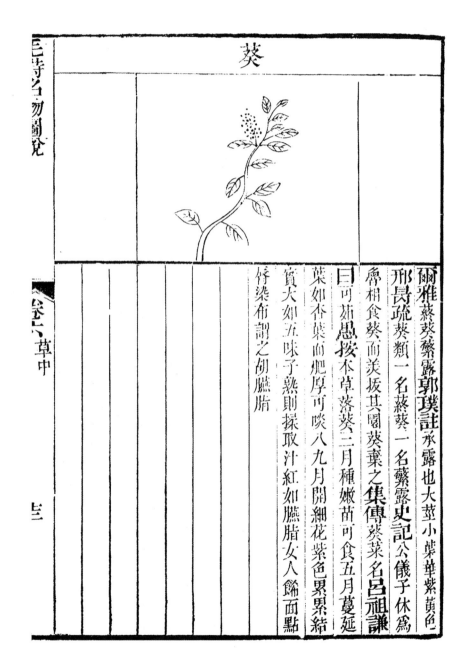

菽

廣雅大豆尗也小豆荅也豍豆豌豆蹓豆也胡豆跭䠳也豆角謂之莢其葉謂之藿也物理論菽者衆豆之總名說文其豆莖然則角曰莢葉曰藿詩食我場藿是也莖曰其衍義大豆有綠褐黑三種有大小兩類大者出江浙湖南北小者生他處又可磑爲腐食

瓜

廣雅冬瓜菰也水芝瓜也其子謂之瓤龍蹏虎掌羊骹兎頭桂支蜜筩𤬪㼌貍頭白㼌無餘縑瓜屬也埤雅瓜字象其實在鬚蔓之間性少延輙腐本草瓜蔕七月採圖經云即甜瓜蔕也又有白瓜越瓜胡瓜愚按瓜統名也種類不一五方所產又殊則圖其一二以例凡至緜之篇曰瓜瓞蓋大者曰瓜小者曰瓞爾雅云瓞瓝今人曰瓞名瓝小瓜也

壺

毛傳壺瓠也**正義曰**以壺與食瓜連文則是可食之物故知壺爲瓠謂甘瓠可食就蔓斷取而食之**埤雅**似匏而圓曰壺壺圓器也故謂之壺**愚按**本草有短柄大腹者爲壺集傳云食瓜斷壺亦去圃爲場之漸也

苴

毛傳苴麻子也喪服註苴麻之有實者疏云麻九月初熟拾取以供羹菜正義曰叔拾也叔苴謂拾取麻實以供食本草麻子味甘平主補中益氣久服肥健不老

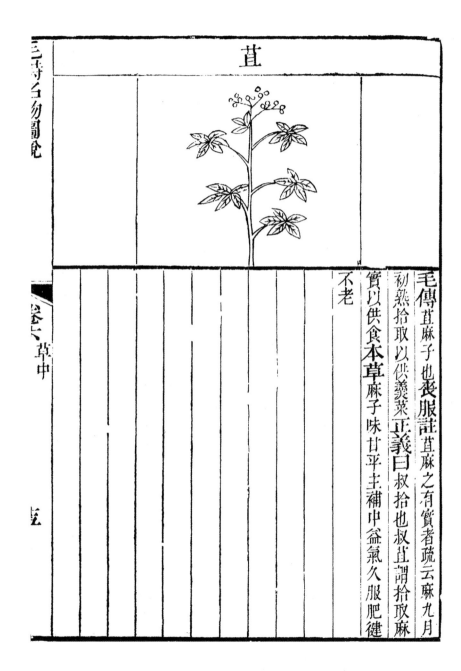

韭

曲禮韭曰豐本說文一種而久者故謂之韭象形在一之上一地也埤雅齊民要術云韭高三寸便剪剪如葱法一歲之中不過五剪凡剪不用日中韭性內生根喜上跳故種與葵同法而畦欲極深愚按羅願云首春色黃未出土時最美故曰春初早韭今吳中呼爲韭芽其性易長剪則便生

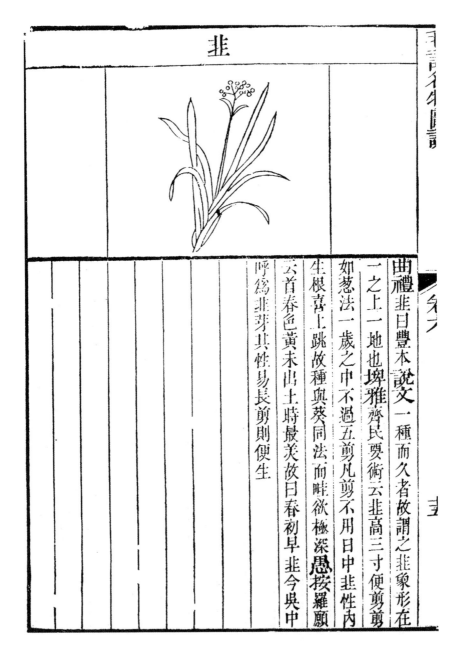

果臝

東山

爾雅果臝之實栝樓郭璞註今齊人呼之爲天瓜李巡註栝樓子名也邢昺疏本草云栝樓似瓜葉形兩兩相値蔓生青黑色六月華七月實如瓜瓣是也圖經所在有之三四月生苗引藤蔓葉作叉有細毛七月開花淺黃色結實在花下大如拳生青九月熟赤黃色有正圓者有銳而長者根名白藥愚按許愼曰木上曰果地下曰蓏蓋此草蔓生附木故得兼名其根作粉色白如雪俗名天花粉方藥中恒用之

毛詩名物圖說卷六終

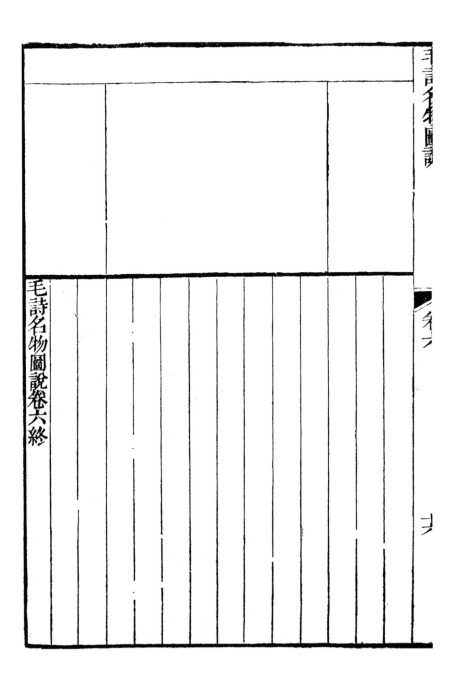

毛詩名物圖說卷七

吳中徐　鼎實夫輯

草下

苹

小雅 鹿鳴

爾雅釋草苹藾蕭郭璞註今藾蒿也初生亦可食陸璣詩疏葉青白色莖似箸而輕脆始生香可生食又可蒸食愚按此藾蒿是陸地所生鹿所食也毛傳云苹萍也而鄭箋易傳以爲藾蕭者蓋以釋草云萍蓱其大者蘋是水中浮萍非鹿所食疏文取義萍从水从平是水中之草也苹从艸从平是平地之草其文異也

鹿食九種解毒之草苹其一焉

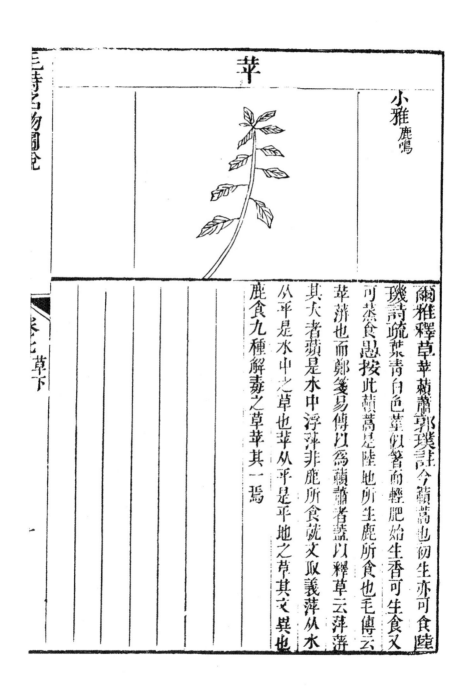

蒿

爾雅蒿菣孫炎註荆楚之間謂蒿爲菣郭璞註今人呼青蒿香中炙啖者爲菣陸璣疏青蒿也蘇頌圖經春生嫩葉極細可食至夏高四五尺秋後開細淡黄華結子如粟大愚按青蒿葉細於白蒿爾雅諸蒿獨菣單稱爲蒿豈以諸蒿葉背皆白而此蒿獨青故歟又釋草云蘩之醜秋爲蒿則蒿之名不專爲青蒿也爾雅蘩皤蒿蔚菁莪購蕭七種並見於詩而本草又有茵蔯蒿邪蒿同蒿各種亦蒿之醜也

芩

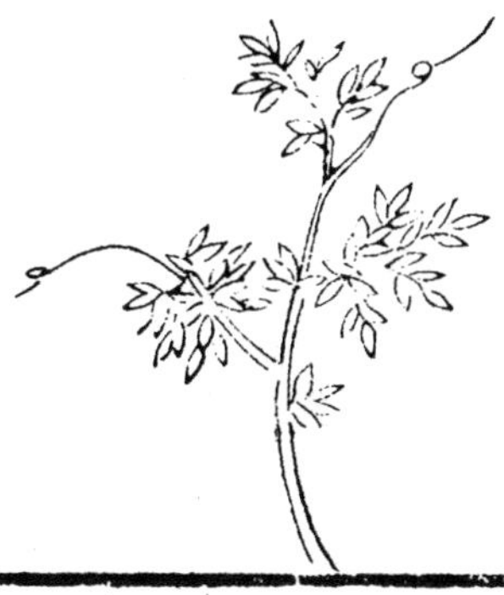

毛傳芩草也陸德　釋文說文云蒿也陸璣疏莖如釵股葉如竹蔓生澤中下地鹹處爲草眞實牛馬亦喜食之

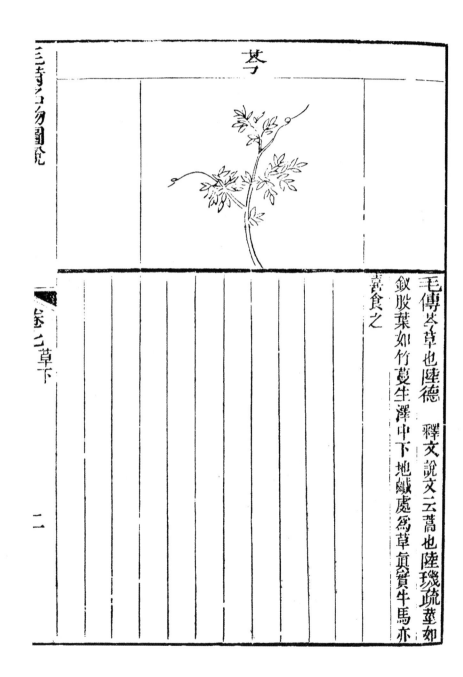

臺

南山有臺

爾雅臺夫須舍人曰臺一名夫須張揖廣雅毛莎隋也陸璣疏莎草也可爲蓑笠或謂臺草有皮堅細滑緻可爲簦笠南山多有蘇恭唐本草此草根名香附子一名雀頭香所在有之愚按臺一作薹草名以此草爲笠借爲笠名都人士云臺笠是也名夫須者賤夫所須也苗莖葉都似三稜根如附子名香附周帀多毛

萊

毛傳萊草也陸璣疏萊草名其葉可食今兗州人烝以爲茹謂之萊烝范逸齋補傳萊草可爲菜茹

莪

菁菁者莪

爾雅莪蘿毛傳莪蘿蒿陸璣疏莪蒿一名蘿蒿生澤田泪洳之處葉似邪蒿而細科生三月中莖可生食又可蒸香美味頗似蔞蒿廣雅莪蒿蘪蒿也愚按本草又名抱娘蒿抱根叢生故名抱娘則蓼蓼者莪匪莪伊蒿蔚似此與蘪之為言高也莪科高也張揖云蘪葩菁蘪花華也則菁菁為蘪故毛傳云盛貌此草水陸並產中阿中陵高燥處中沚卑濕處也

芑

采芑

毛傳芑菜也陸璣疏似苦菜莖青白色摘其葉白汁出肥可生食亦可蒸爲茹西河鴈門芑尤美胡人戀之不出塞是也朱子集傳卽今苦蕒菜宜馬食軍行采之人馬皆可食也

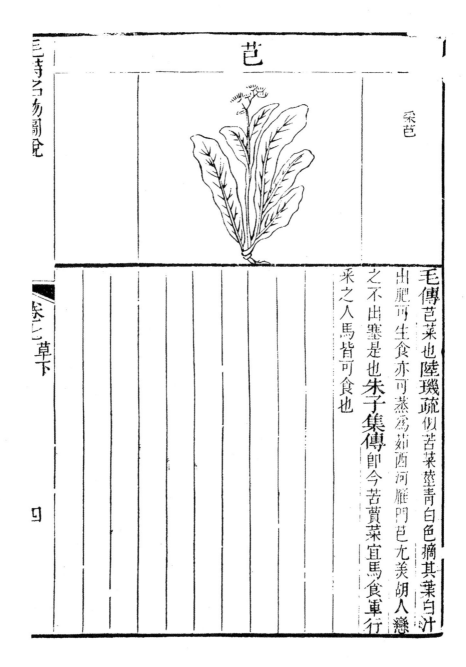

蓫

我行其野

鄭箋蓫牛蘈也亦仲春時生可采也陸璣疏今人謂之羊蹄似蘆菔而莖赤可瀹爲茹滑美釋文蓫又作蓄蘈本又作藬陶隱居曰今人呼禿菜即蓄字音訛也圖經生下濕地春生苗高三四尺葉狹長頗似萵苣而色深莖紫赤色花青白成穗子三稜若茺蔚夏中即枯根似牛蒡而堅實愚按正義曰釋草無文及按爾雅云藬牛蘈邢昺曰小雅言采其蓫箋云蓫牛蘈郭云今江東呼草爲牛蘈者然則蓫也藬也蓄也其即一物也

葍

爾雅葍藑郭璞註大葉白華根如指正白可啖陸璣疏幽州人謂之燕葍其根正白可著熱灰中溫噉之饑荒之歲可蒸以禦饑鄭箋葍藑也亦仲春時生可采廣雅烏麩葍也愚按釋草又云葍藑茅郭曰華赤者為藑藑葍一種耳亦猶蔆苕華黃白異名也鄭於遂葍並言仲春可采以記昏姻之候而毛傳並云惡菜以喻遇人不淑意蓋毛公以秋冬為婚期故霜降迎婦冰泮殺止而周禮仲春令會男女奔者不禁此為過期者而言則仲春非正期也王肅云行遇惡不采惡菜言已適人遇惡人也

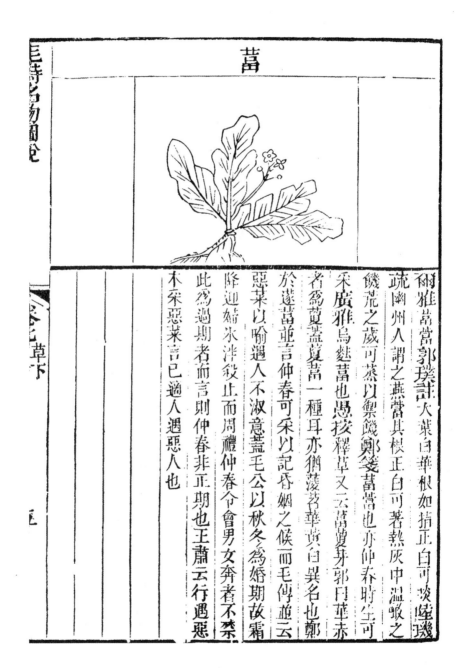

莞

斯干

爾雅莞苻蘺其上蒚郭璞註今西方人呼蒲為莞蒲蒚謂其頭臺首也今江東謂之苻蘺西方亦名蒲中莖為蒚用之為席釋文草叢生水中莖圓江南以為席形似小蒲而實非也廣雅蔥蒲莞也璞一之曰莞又云燈心草生池澤中即苻蘺也本草燈心草叢生莖圓細而長直人用之為席愚按司几筵有莞筵蒲筵蓋席有兩種莞精於蒲耳

蔚

蓼莪

爾雅蔚牡菣郭璞註無子者邢昺疏即蒿之雄無子者陸璣曰牡蒿也三月始生七月華葉似胡麻華而紫赤八月爲角角似小豆角銳而長一名馬新蒿是也陸佃埤雅蔚大於蒿

蔦

頍弁

毛傳蔦寄生也釋木寓木宛童郭璞註寄生樹一名蔦陸璣疏蔦一名寄生葉似當盧子如覆盆赤黑甜美是也鄭樵通志寄生有兩種一種大者葉如石榴葉一種小者葉如麻黄葉其子皆相似大者名蔦小者名女蘿東方朔傳在樹爲寄生在地爲寠藪唐本草多生楓槲櫸柳水楊等樹上子黄大如小棗九月始熟蔡元度名物解蔦之施於栢猶異姓之親托於王也女蘿之施於松猶同姓之親托於王也諸公有幽王之親而無以托焉安能有松栢之德哉

女蘿

廣雅女蘿松蘿陸璣疏菟絲蔓連草上黃赤如金今合藥菟絲子是也非松蘿松蘿自蔓松上生枝正青與菟絲殊異埤雅蔦松栢上寄生女蘿松上浮蔓羅願爾雅翼女蘿色青而細長無雜蔓故山鬼篇被薜荔兮帶女蘿謂青長如帶也愚按此是松蘿非菟絲也菟絲是唐互詳桑中唐註

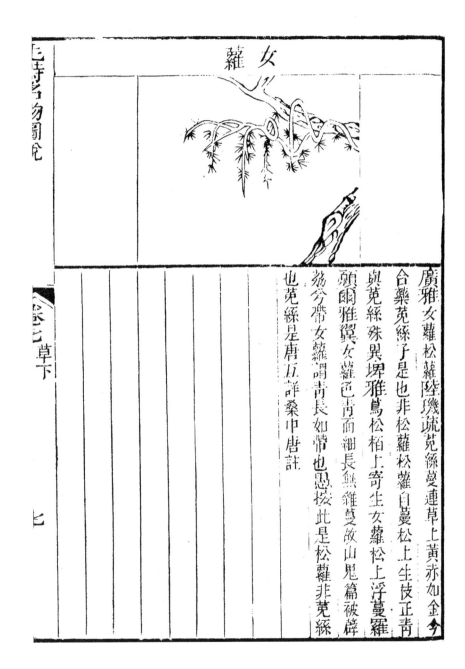

芹

采菽

爾雅芹楚葵郭璞註今水中芹菜本草水芹一名水英陶隱居註二三月作英時可作菹及熟爚食之又有渣芹可生啖埤雅芹潔白而有節其氣芬芳而味不如蕲美呂氏春秋菜之美者有雲夢之芹愚按今俗謂水芹菜莖白色空中而節節間有細莖如髮其氣芬芳作菹故醢人云芹菹

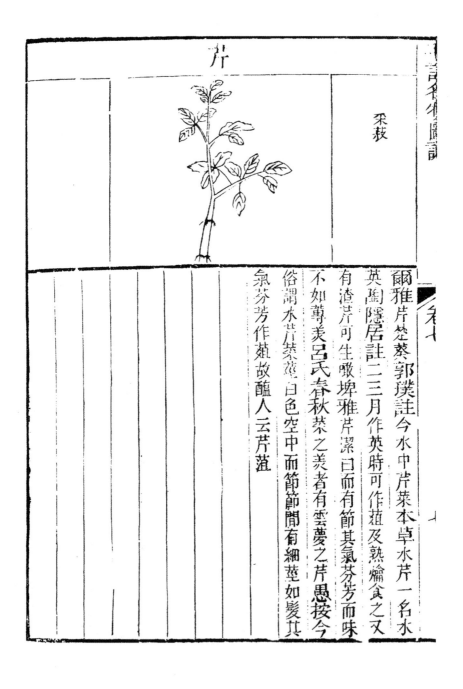

藍

采綠

鄭箋藍染草也正義曰以藍可以染青故淮南子云青出於藍月令仲夏無艾藍是可以染之草埤雅無刈藍鄭氏言爲傷長氣則艾藍先王有禁制字从監以此通志藍三種蓼藍染綠大藍如芥染碧槐藍如槐染青三藍皆可作澱色成勝母故曰青出於藍而青於藍

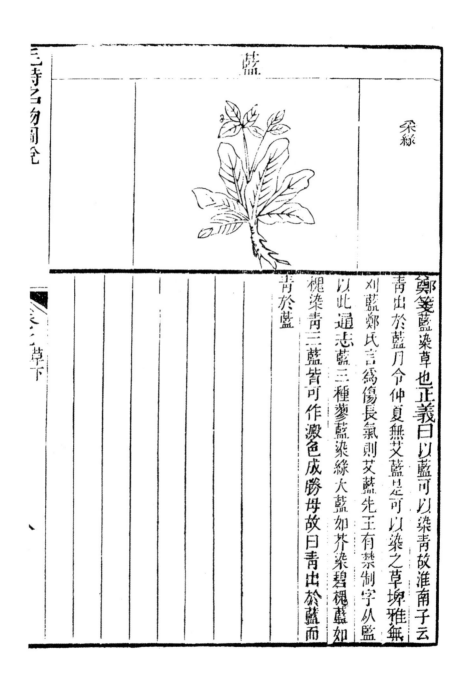

苕

苕之華

爾雅苕陵苕黄華蔈白華茇舍人曰别華色之名陸璣疏一名鼠尾生下濕水中七八月中華紫似今紫草可染阜煑以沐髪則黑正義曰如釋草文則苕華本自有黄有白傳言將落則黄是初不黄矣箋言陵苕之華紫赤而繁陸璣亦言其華紫色蓋就紫色之中有黄紫白紫耳及其將落則全變爲黄也集傳本草云即今紫葳蔓生附於喬木之上其華黄赤色亦名凌霄

堇

大雅緜

毛傳堇菜也　堇苴枌榆爾雅齧苦堇郭璞註今堇葵也葉似柳子如米汋食之滑說文堇根如薺葉如細柳烝食之甘嚴粲詩緝孔氏謂堇即烏頭則與鴆毒相類非荼菜可食之類矣荼雖苦得霜甜脆故可言如飴烏頭是毒物不可食何由知其如飴乎毛氏以堇爲菜不言毒物是按晉語驪姬將譖申生寘鴆於酒寘堇於肉賈逵云堇烏頭也按本草冬采爲附子春采爲烏頭其性大熱有毒不可食故國策云人之饑所以不食烏喙者以其雖偷充腹而與死同患也食且不可何知如飴而先儒多指爲烏頭者蓋因釋草又云芨堇草故誤指此堇也况詩人言周原膴膴則堇荼苦菜得霜甜脆皆甘如飴地氣使然耳如必以毒物見地之良於理未安

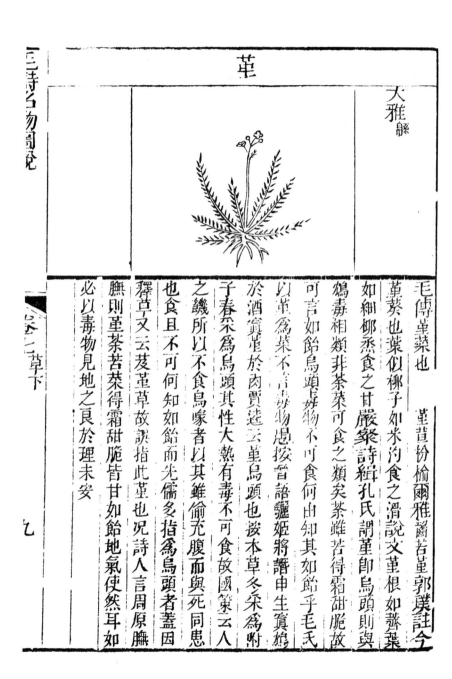

筍

韡莽

爾雅筍竹萌孫炎註竹初萌生謂之筍釋器菜謂之蔌郉昺疏筍可爲菜殽詩云其蔌維何維筍及蒲蔌則菜殽也天官醢人筍菹魚醢陸璣疏筍皆四月生惟巴竹筍八九月生始出地長數寸鬻以苦酒豉汁浸之可以就酒及食筍譜竹初種根食土而下求乎母也及擢筍冒土而上愛乎子也筍大約不過青綠色

荼

良耜

爾雅荼委葉邢昺疏穢草也王肅說詩云荼陸穢草然則荼者原田蕪穢之草非苦菜也崔豹古今注荼薆紫色者荼也青色者薆也

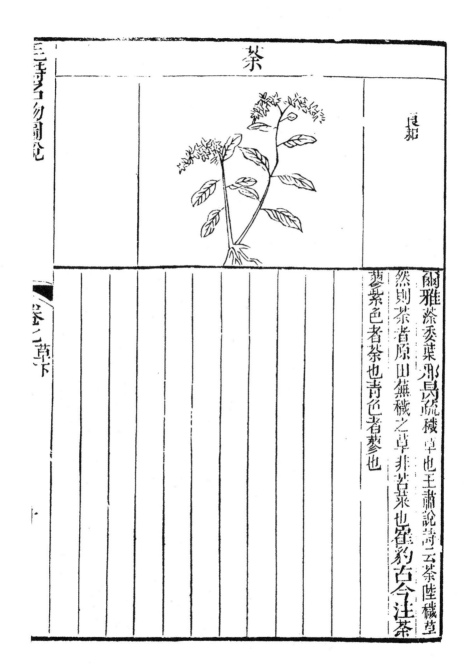

蓼

毛傳蓼水草也爾雅薔虞蓼郭璞註虞蓼澤蓼邢昺疏曰蓼之生水澤者也正義曰王肅云荼陸穢蓼水草然則所由田有原有隰故並舉水陸穢草唐本草水蓼生下隰水旁莖赤色愚按水蓼葉大上有黑點華紅白子赤黑大槩與水葒相類其味辛苦故小毖云予又集於蓼言辛苦也以薅荼蓼薅一作茠說文云拔田草也音義同

茆

魯頌泮水

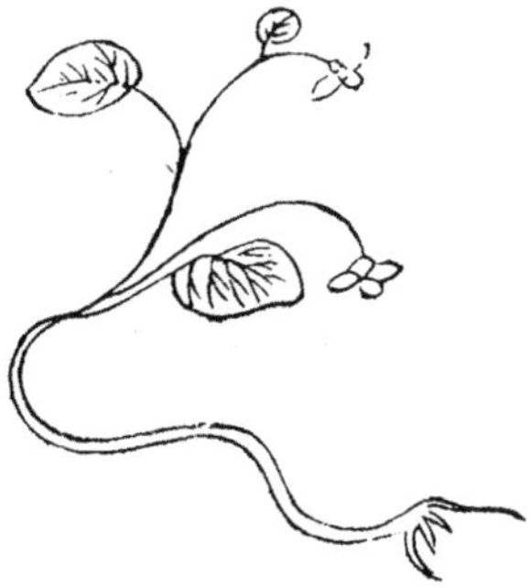

毛傳茆鳧葵**陸璣疏**茆與荇菜相似葉大如手赤圓有肥者著手中滑不得停莖大如匕柄葉可以生食又可鬻滑美江南人謂之蓴菜或謂之水葵諸陂澤水中皆有**鄭小同曰**江東人名之蓴菜生陂澤中**愚按**茆即蓴菜蓴逐水而性滑故亦謂之淳菜吳中人喜食之張翰思秋風蓴菜即此也若干寶云今之鳧蹏草非是

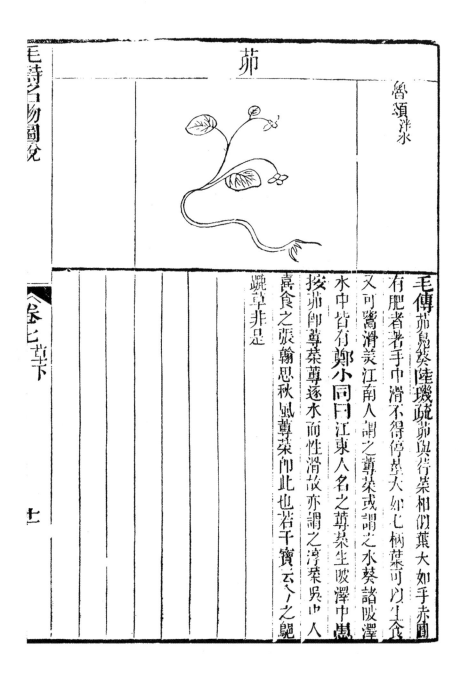

毛詩名物圖說卷七終

毛詩名物圖說卷八

吳中徐　鼎實夫輯

木上

栲　杻　椒　栩

桃

周南 桃夭

月令仲春之月桃始華韓詩外傳春植桃李夏得蔭其下秋得食其實孔穎達正義夭夭言桃之少灼灼言華之盛由桃少故華盛以喻女少而色盛也陸佃埤雅桃有華之盛者其性早華又華于仲春故周南以興女之年時俱當朱子集傳桃木名華紅實可食夭夭少好貌灼灼華之盛也木少則華盛蕡實之盛也蓁蓁葉之盛也蔡元度名物解桃先百果而華故字从兆其時則春而陽中也故以記婚姻之時愚按詩先言華次實次葉何也蓋詩人之語極有次第桃當仲春時華先盛華落則結實葉尚未茂厥後其葉蓁蓁而盛故終言葉也

楚

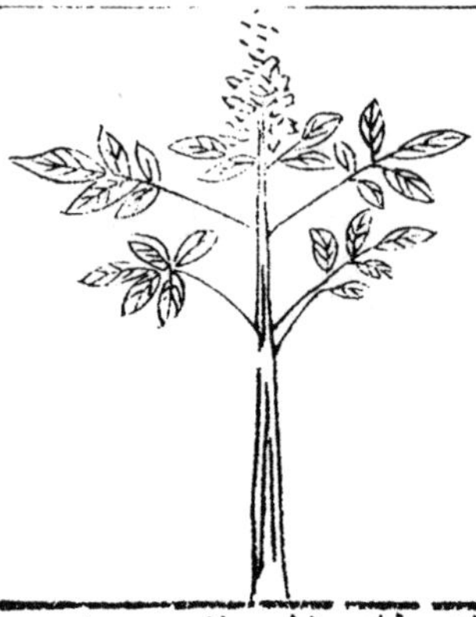

漢廣

張揖廣雅楚荆也**正義**楚木名故學記注以楚爲荆王風鄭風並云不流束楚皆是也**本草圖經**牡荆即作箠杖者枝莖堅勁作科不爲蔓生故曰牡葉如萆麻花紅作穗實細而黃如麻子大**愚按**楚者楚地所出一名荆故又號荆楚亦以此木得名謂之牡者以其枝不蔓生對蔓荆而言非無實之謂牡也古者刑杖以荆故荆字从刑楚即荆也學記夏楚二物楚即此乎

甘棠

召南 甘棠

杜同

爾雅釋木杜甘棠郭璞註今之杜梨正義舍人曰杜赤色名赤棠白者亦名棠然則白者爲棠赤者爲杜杕杜傳曰杜赤棠是也陸璣詩疏赤棠與白棠同耳但子有赤白美惡子白色爲白棠甘棠也少酢滑美赤棠子澀而酢俗語云澀如杜是也愚按釋木又云杜赤棠白者棠然則棠有赤白二種杜其統名也白者甘棠赤者爲杜誠如陸璣所說郭璞云棠色異異其名此因其子有赤白故分別言之樹似梨而小葉有三叉邊如鋸齒二月開華結實如小楝子霜後可食則皆同也有杕之杜詳見于斯不復圖說

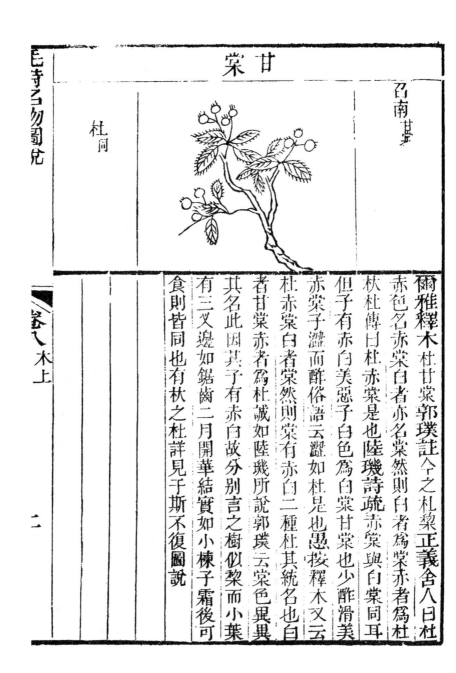

梅

摽有梅

夏小正正月梅杏杝桃則華五月煮梅爲豆實郭璞曰梅似杏實酢詩義疏梅杏類也樹及葉皆如杏而黑煮而曝乾爲蘇賈思勰曰梅華早而白杏花晚而紅梅實小而酸杏實大而甜梅可調鼎杏則不任用人或不能辨言梅杏爲一物愚按梅在果中先桃杏而華結實如杏而味酢吳中梅樹大小與桃杏相類秦風所云有條有梅陸疏謂木似豫章其材可爲棺冊當別自一種亦名梅耳互詳終南篇

唐棣

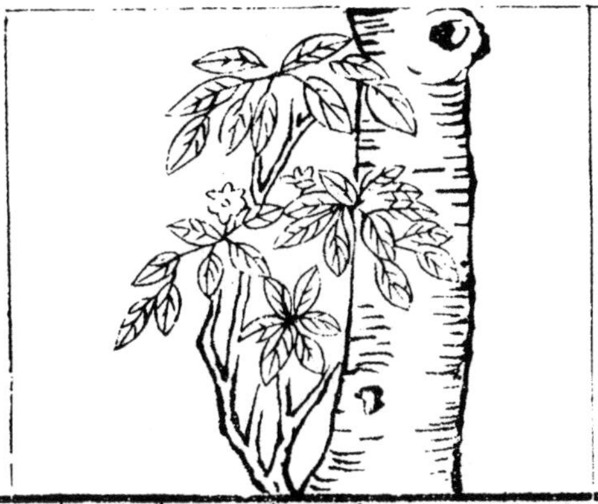

毛傳唐棣移也正義舍人曰唐棣一名移郭璞曰今白移也似白楊江東呼夫移埤雅凡木之華皆先合而後開惟此華先開而後合詩曰唐棣之華偏其反而陳藏器本草拾遺扶移木生江南山谷樹大十數圍無風葉動花反後合崔豹古今注移楊圓葉弱蒂微風大搖一名高飛一名獨搖一名移柳羅願爾雅翼葉無風自動此是移楊非白楊也愚按釋木云唐棣移又云常棣棣蓋移卽白移花開後合卽何彼襛矣之唐棣與逸詩偏其反而之唐棣是也常棣一名白棣子如櫻桃可食小雅常棣之華是也讀者混唐棣爲常棣者誤且讀常棣爲棠棣音者則又誤矣

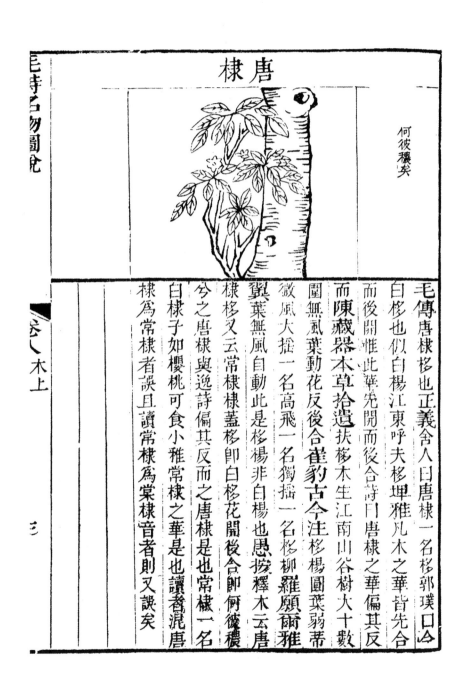

李

管子五沃之土其木宜李素問東方木也劉向説苑樹桃李者夏得休息秋得其實焉埤雅李性難老老雖枝枯子亦不細其品處桃上雅翼李木之多子者花最繁密爾雅有三種座接慮李即今之麥李與麥同熟者爲果肉厚而乾與核相離駁赤李則李之赤者休無實李李實繁有竊食之嫌無實則其下可休矣名物解李以純白之華如桃李者紅白相間也桃李之成實其時偕也

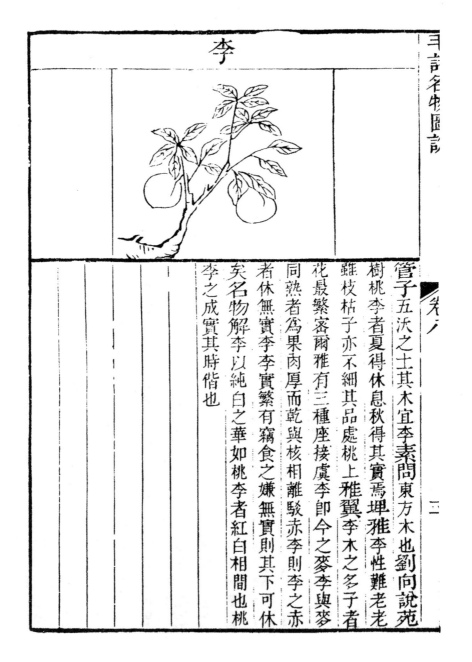

棘

邶　凱風

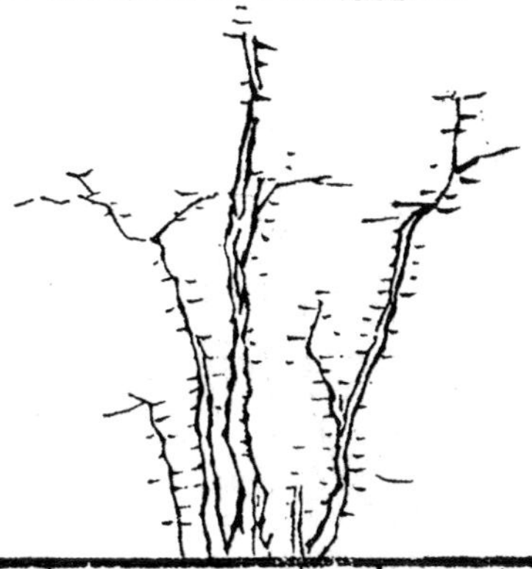

毛傳棘難長養者集傳小木叢生多刺難長楊雄方言凡草木刺人北燕朝鮮之間謂之茦自關而東謂之梗自關而西謂之刺江湘之間謂之棘愚按毛傳於魏風園有棘云棗也而于凱風之棘止言難長養不以棘爲棗者朱子云小木叢生多刺則明此荊棘之棘與彼異也一章云棘心二章曰棘薪言止可供薪爨其與魏風有實之棘不同又古者朝位植棘秋官朝士外朝之法面三槐左九棘右九棘是也取其材可以爲矢傳曰桃弧棘矢以除其災又可爲匕大東曰有捄棘匕則朝位所植必非小木爲矢爲匕不止供薪又與荊棘之棘異也而陸氏農師羅氏端良並指此爲樲棘者非是

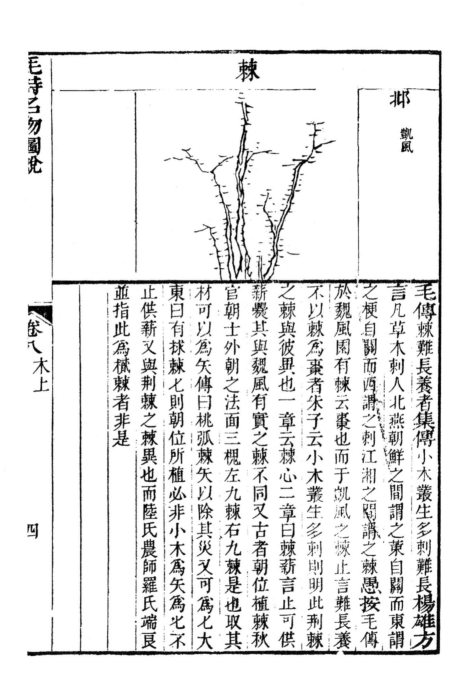

榛

簡兮

毛傳榛木名正義陸璣曰栗屬其子小似杼子表皮黑味如栗是也榛字或作蓁蓋一木也周禮籩人饋食之籩其實榛名物解榛小木也所以爲禮實則貴矣植之榛栗椅桐梓漆先禮實而後工器也愚按許氏說文云亲果實如小栗榛木也蓋古字分別亲同榛五經通作榛字今之榛實房似杼而黃味如栗而香猶爲婦人摯禮

栗

鄘 定之方中

許愼說文作㮚从木其實下垂故从卤大戴禮八月栗零零也者降也零而後取之故不言剝也內則栗曰撰之桃曰膽之孔疏栗蟲好食數數布陳撰省視之桃多毛拭治令色青滑如膽左傳女摯不過榛栗埤雅栗味鹹北方之果也有萊州白裹秋熟罅發其實驚躍如爆東觀書所謂栗駭也范處義補傳榛栗果之嘉者可以備籩實椅桐梓漆皆木之材者可以爲器用

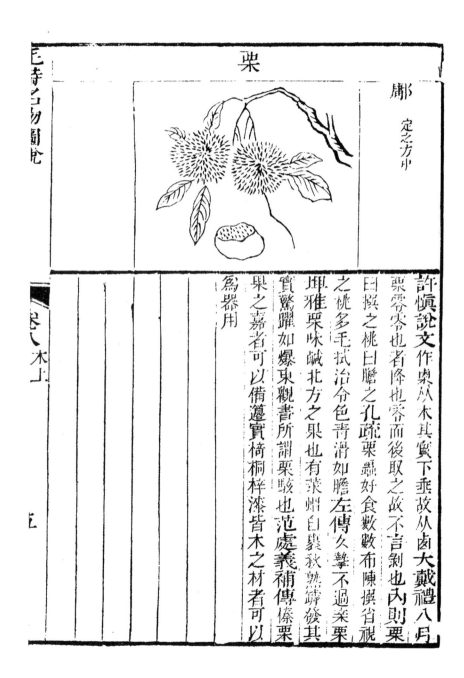

椅

爾雅椅梓舍人曰梓一名椅郭璞曰即楸毛傳椅梓屬陸璣疏梓者楸之疏理白色而生子者爲梓梓實桐皮曰椅則大類同而小別也愚按先儒多指椅梓爲一物然椅桐梓漆既言椅又言梓明是二木無疑陸元恪辨之精也

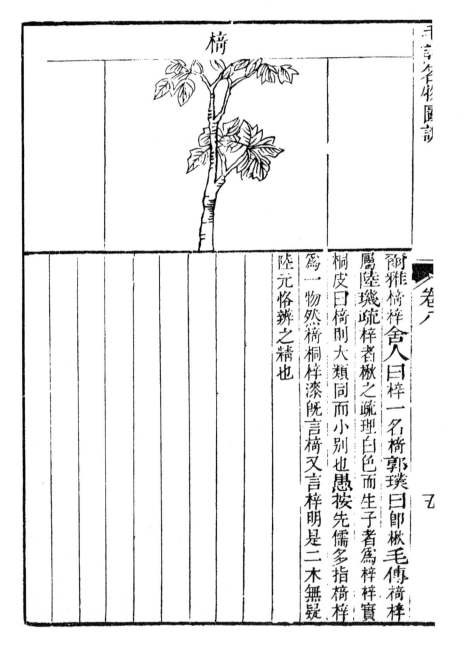

桐

禹貢嶧陽孤桐爾雅榮桐木嚴粲詩集陸璣曰中琴瑟者白桐也椅桐梓漆之桐爲白桐梧桐生矣之桐爲青桐埤雅桐卽白桐華而不實爾雅云榮桐木是也今亦謂之華桐寇宗奭本草衍義桐有四種白桐可斲琴者葉三杈開白華不結子荏桐早春先開淡紅花子作桐油梧桐四月開淡黃小花一如棗花枝頭出絲墮地成油五六月結桐子今人取炒爲果此是月令清明之日桐始華者岡桐無花不中作琴體重也雅翼子可作油者卽詩其桐其椅其實離離者也遁甲經註桐知日月正閏歲生十二葉每邊六葉從下數一葉爲一月有閏則十三葉視葉小處則知閏某月立秋之日一葉先墜

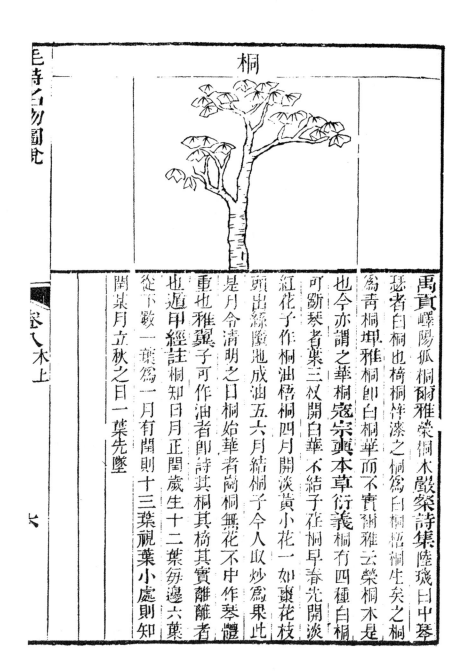

梓

陸璣疏楸之疏理白色而生子者曰梓鄭樵通志梓與楸相似羅願曰梓爲百木長故古者名製器之工爲梓人管子云五沃之土宜白梓楚地又多此木莢細如箸其長僅尺冬後葉落而莢猶在樹總總然陸農師曰梓爲百木長故呼梓爲木王古今注楸實爲棣梓實爲豫章

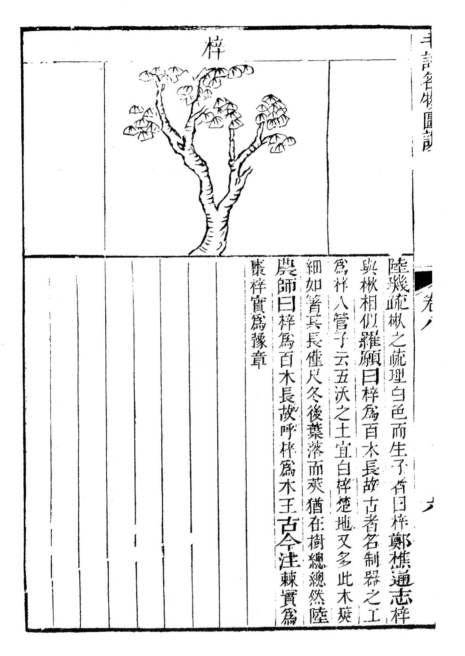

漆

陸德明說文漆木名說文桼木汁可以髹物象形桼如水滴而下莊子漆可用故割之古今注漆樹以剛斧斫其皮開以竹管承之汁滴管中即成漆也蘇頌曰樹高二三丈皮白木心黃葉如椿花似槐子如牛李六七月以竹筒釘入木中取之

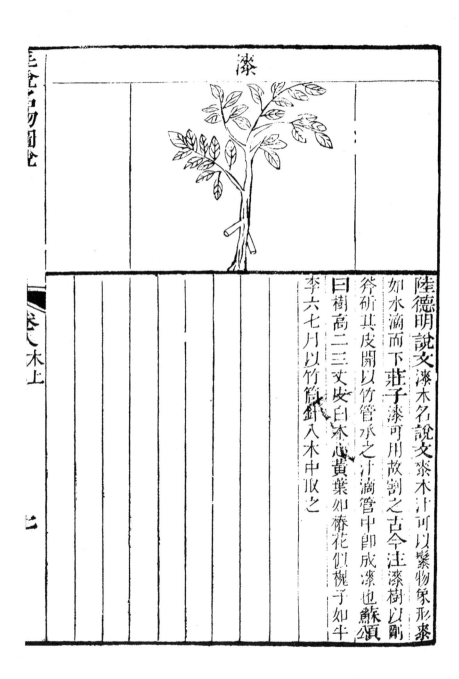

桑

爾雅桑柳醜條邢昺疏桑柳之類皆阿那垂條青史子桑中央之木蔡卞曰兗地宜桑如桑間濮上可驗也劉瑾曰楚邱在冀河之東兗州之境則文公所觀所說其桑土之野乎王盤農書魯桑飼大蠶荊桑飼小蠶愚按降觀于桑察其土宜也七月云爰求柔桑者穉桑也云蠶月條桑者枝落之采其葉也云猗彼女桑者荑桑也草木初生謂荑女桑少枝長條不枝落者束而采之也桑實爲葚荊桑多椹魯桑少椹又有白黑二種泮水詩作黮並同

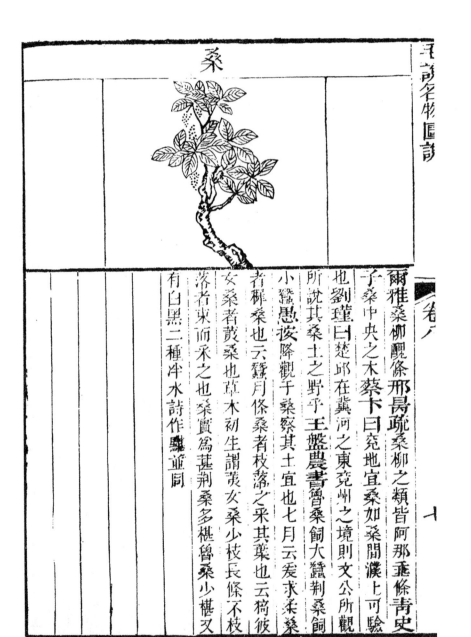

檜

衛 竹竿

毛傳檜柏葉松身集傳木名似柏正義書作栝字禹貢云杶榦栝柏註云栢葉松身曰栝與此一也雅翼檜一名栝性耐寒其材大可爲舟楫及棺左傳稱棺有翰檜而淇水檜楫松舟也今人亦謂之圓柏以別於側柏

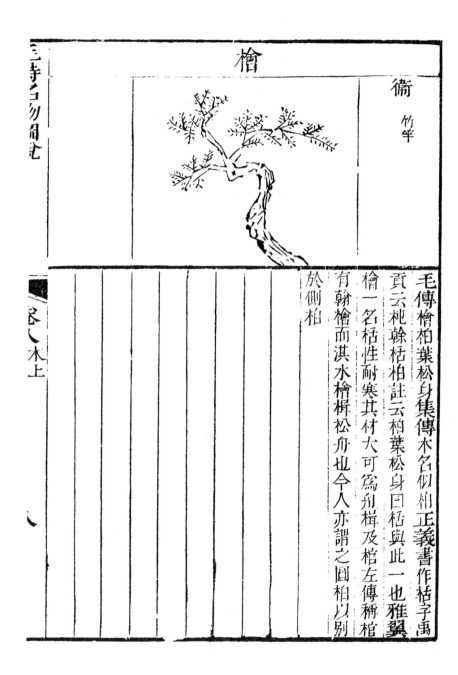

松

莊子天寒旣至霜雪旣降吾是以知松柏之茂禮記松柏之有心也貫四時不改柯易葉王安石字說松百木之長猶公故字从公史記龜筴傳千歲之松上有兎絲下有茯苓愚按花木考云松有二種惟五葉者結子

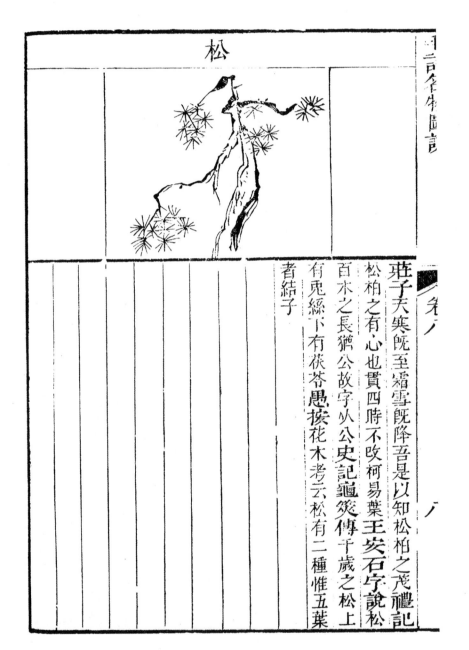

木瓜

爾雅楙木瓜郭璞云實如小瓜酢可食毛傳木瓜楙木也可食之木正義以下木桃木李皆可食之木則此木瓜亦美木可食埤雅江左故老視其實如小瓜而有鼻食之津潤不木者謂之木瓜圓而小於木瓜食之酸澁而木者謂之木桃木李大如木桃似木瓜而無鼻其品又小愚按如陸農師所說木桃木李類於木瓜而非即桃李如孔仲達所說即是桃李故毛傳木瓜有注而木桃木李無文考諸爾雅亦無分釋或云桃有羊桃李有雀李此皆枝蔓也故言木以別之然則雖言木而即桃李也若木瓜定是一種以宣州者爲良州人以充土貢又一種榠樝木花實酷類木瓜欲辨之看蔕間別有重蔕如乳者是木瓜也

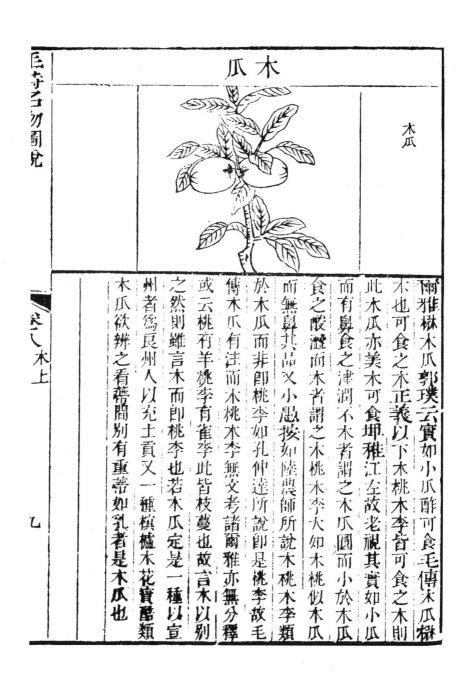

蒲

王

揚之水

鄭康成箋蒲蒲柳陸璣疏蒲柳有兩種皮正青者曰小楊紅者曰大楊其葉皆長廣於柳葉皆可為箭幹古今注蒲柳生水邊葉似青楊一名蒲楊枝勁細任矢用愚按諸說及本草並指木楊而毛傳云蒲艸也說文云可以作席正義曰以首章言薪下言蒲楚則蒲楚似薪之木名不宜為草故易傳以蒲為柳孫毓云箋義為長然則鄭箋是也許氏云可為席者乃澤陂之蒲今人草類非此蒲柳也

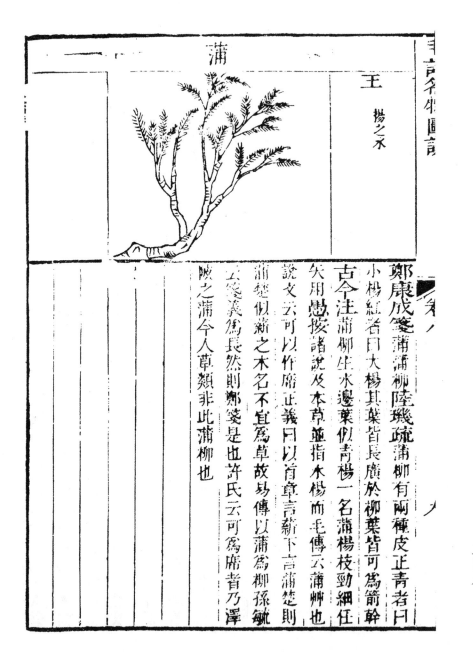

杞

鄭　將仲子兮

爾雅旄澤柳通志旄柳亦曰澤柳可為桮棬者陸璣疏杞柳屬也生水旁樹如柳葉麄而白色理微赤其材堅韌故今人以為車轂圖經今人取其細條炎逼令柔韌屈作箱篋孟子謂杞柳為桮棬是也王應麟玉海杞有三無折我樹杞柳屬也南山有杞在彼杞棘梓杞也集於苞杞言采其杞隰有杞桋枸檵也

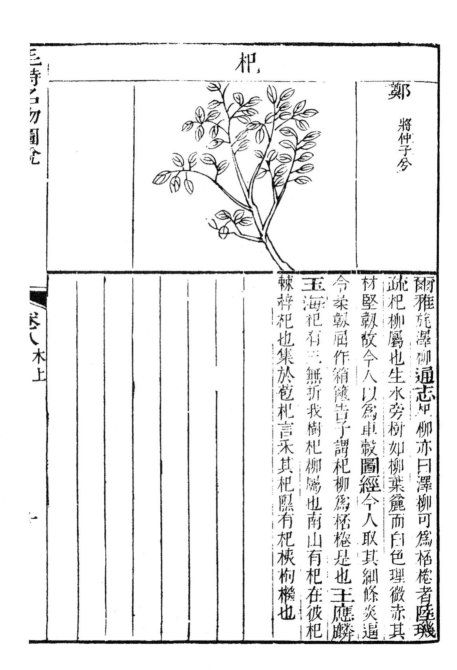

檀

毛傳檀彊韌之木陸璣疏檀木皮正青滑澤與繫迷相似又似駮馬駮馬梓榆故里語曰斫檀不諦得繫迷繫迷尚可得駮馬繫迷一名挈榼故齊人諺曰上山斫檀挈榼先殫王充論衡樹檀以五月生葉後彼春榮之木其材彊勁車以爲輔唐本草一種紫真檀出崑崙盤盤國雖不生中華人間遍有之蘇頌曰有黃白紫三種今人多用之

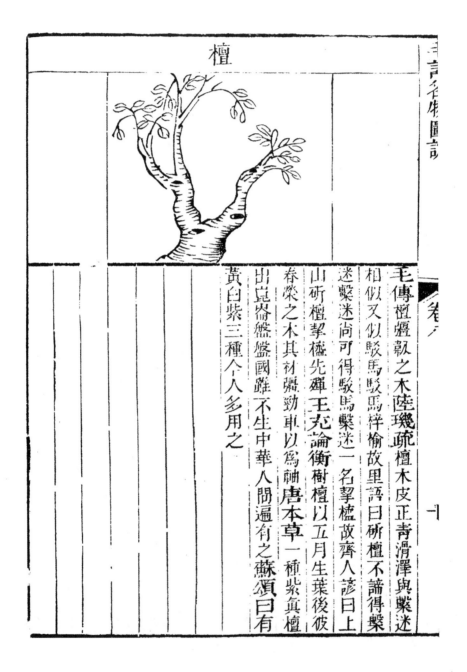

舜

有女同車

月令仲夏木菫榮爾雅椵木槿櫬木槿郭璞註别二名陸璣疏舜一名木槿一名櫬一名椵齊魯之間謂之王蒸今朝生暮落者是也雅翼抱朴子曰木槿仲夏應陰而生其花朝開暮落莊生以爲朝菌衍義如小葵花淡紅色五葉成一花湖南北人家多種植爲籬障

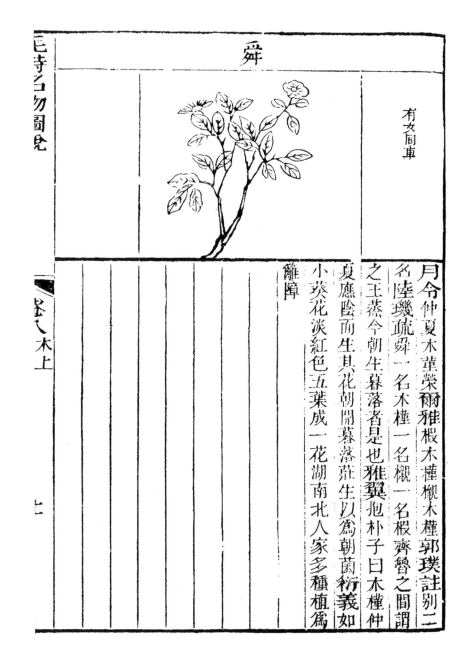

柳

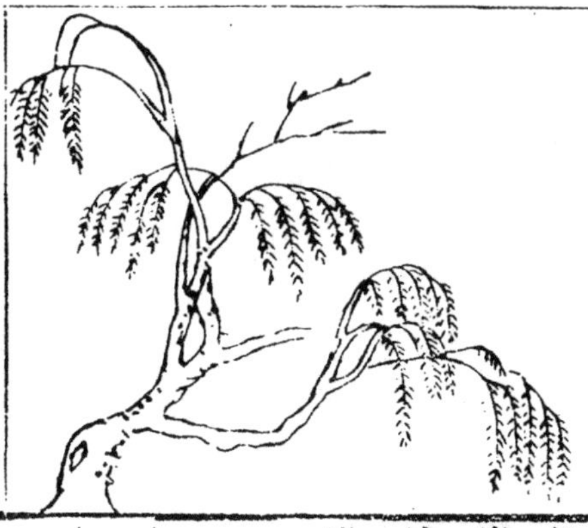

齊　東方未明

毛傳柳柔脆之木說文小楊也本作桺从木丣聲集傳楊之下垂者柔脆之木也埤雅柳易生之木與楊同類縱橫顛倒植之皆生唐本草注柳與水楊全不相似水楊葉圓濶而赤枝條短硬柳葉狹長青綠枝條長軟陶云柳即水楊非也愚按今吳中呼爲楊柳其實枝條楊起者爲楊枝葉下垂者爲柳各不同也惟其枝條柔軟故折柳可爲樊籬

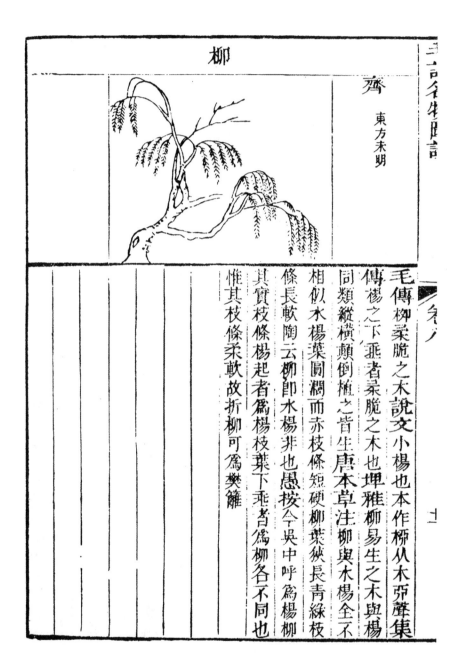

棘

魏　園有桃

毛傳棘棗也爾雅樲酸棗郭璞注樹小實酢孟子曰養其樲棘趙岐曰樲棘小棗所謂酸棗也說文棘小棗也大曰棗小曰棘愚按棗棘皆從朿重朿曰棗並朿曰棘其文有大小之異也曰園有棘其實之食則有棗可食知不與凱風之棘青蠅之止於棘楚茨之抽其棘類也

樞

唐

山有樞

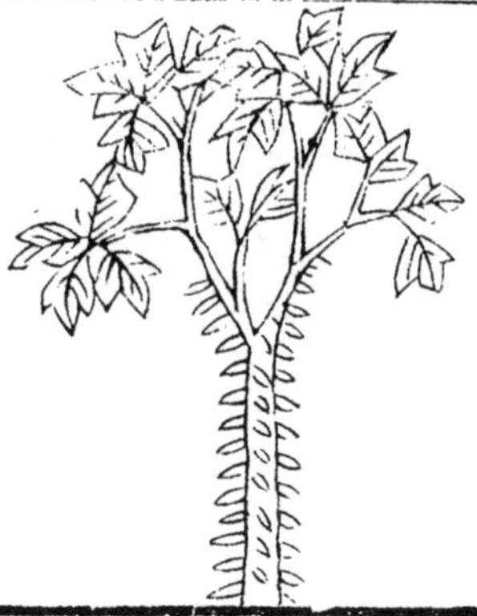

爾雅藲荎郭璞註今之刺榆陸璣疏其針刺如柘其葉如榆瀹爲茹美滑如白榆類有十種葉皆相似皮及木理異矣愚按廣雅曰柘榆梗榆也凡草木刺人或謂之梗或謂之刺故張揖謂之梗榆郭璞謂之刺榆也下文隰有榆榆者統名也榆之白者謂枌說詳陳風東門之枌篇

栲

爾雅栲山樗邢昺疏郭云栲似樗色小白生山中亦類漆樹俗語曰樗栲漆相似如一陸璣疏云山樗與下田樗畧無異葉似差狹耳吳人以其葉爲茗方俗無名此爲栲者今所云爲栲者葉如櫟木皮厚數寸可爲車輻或謂之栲櫟許愼正以栲讀爲糗今人言栲失其聲矣

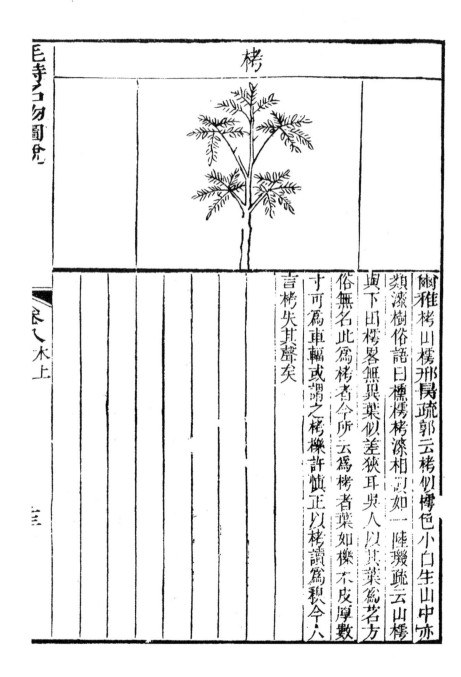

杻

山海經英山其上多杻橿註杻似棣而細葉一名土橿木中車材陸璣疏葉似杏而尖白色皮正赤爲木多曲少直枝葉茂好二月中葉疏華如練而細蘂白蓋樹今官園種之正名曰萬歲旣取名於億萬其葉又好故種之共汲山下人或謂之牛筋或謂之檍材可謂弓弩幹也

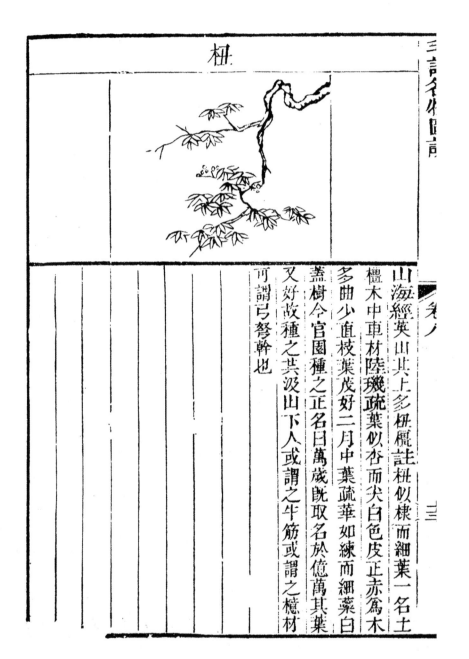

椒

椒聊

爾雅檓大椒郭璞註今椒樹叢生實大者名檓陸璣疏椒樹如茱萸有針刺葉堅而滑澤蜀人作茶吳人作茗皆合煮其葉以爲香今成臯諸山閒有椒謂之竹葉椒其樹亦如蜀椒可著飲食中又用蒸雞豚最佳香愚按釋木云椒檓醜菉茱萸也醜類也菉房也李巡所謂椒茱萸皆有房也椒內黑子謂之椒目又據本草秦椒出太山蜀椒出武都蔓椒生雲中胡椒生西戎今此詩作於晉人晉地西界接秦其所言者疑秦椒也陸璣曰聊語助也故標其名止曰椒

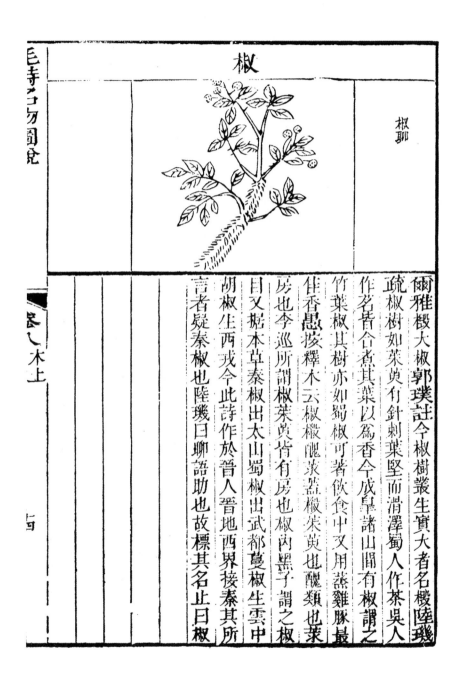

栩

鴇羽

櫟同

爾雅栩杼郭璞註柞樹陸璣疏今柞櫟也徐州人謂櫟為杼或謂之為栩其子為皁或言皁斗其殼為汁可以染皁今京洛河內多言杼汁謂櫟為杼五方通語也古今註杼實曰橡本草橡實堪染用一名杼斗槲櫟皆有斗以櫟為勝所在山谷中皆有圖經云木高二三丈三四月開黃花八九月結實柞櫟也杼也栩也皆橡櫟之通名愚按今吳中呼其實為橡斗子合觀諸說皆指栩為柞櫟朱子集傳亦從之則秦風山有苞櫟即此栩也惟鄭漁仲分栩櫟為二木是未審五方之異語耳

毛詩名物圖說卷八終

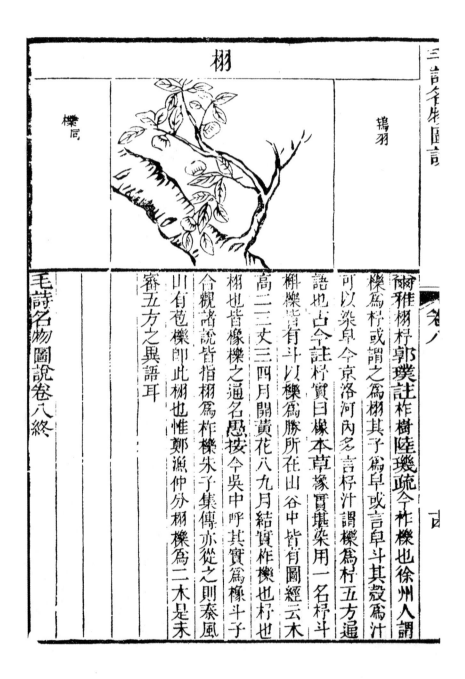

毛詩名物圖說卷九

吳中徐　鼎實夫輯

木下

梧桐　栢

楊

秦　車鄰

爾雅釋木楊蒲柳郭璞註可以爲箭左傳所謂董澤之蒲愚按楊柳二種詩分而言之者齊風折柳樊圃秦風隰有楊陳風東門之楊是也合而言之者小雅楊柳依依是也然枝勁而揚起者曰楊枝弱而下垂者曰柳寔不同也爾雅蒲柳即本草水楊也隰有楊下濕曰隰此是水楊無疑矣

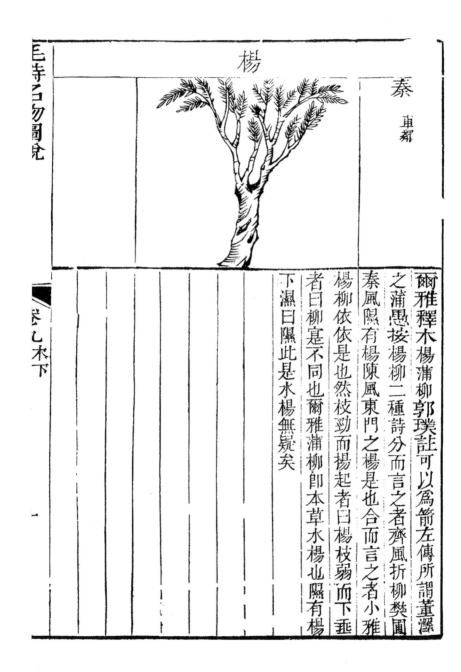

條

爾雅槄山榎孫炎註詩曰有條有梅條槄也郭璞註今之山楸邢昺疏陸璣曰槄今山楸也亦如下田楸耳皮葉白色亦白材理好宜爲車板能溼又可爲棺木宜楊北山多有之愚按能與耐同

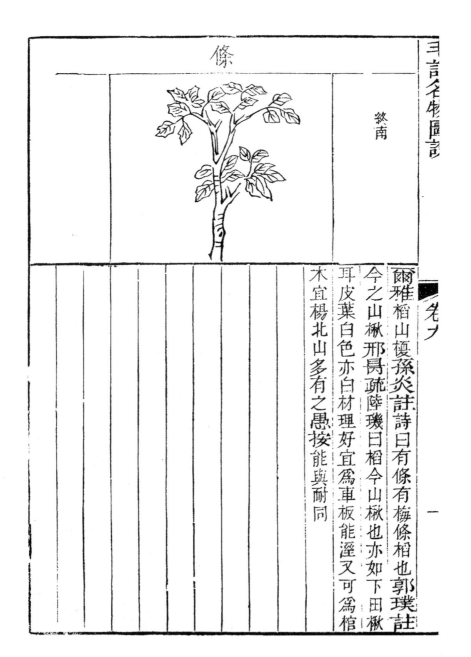

梅

爾雅梅柟陸璣詩疏梅樹皮葉似豫章豫章葉大如牛耳一頭尖赤心華赤黃子青不可食柟葉大可三四葉一叢木理細緻於豫章子赤者材堅子白者材脆江南及新城上庸蜀皆多樟柟終南山與上庸新城通故亦有柟也愚按陸璣所稱葉似豫章者與吳中梅樹全不相似定是一種柟木材可爲棺舟舊說陳文帝嘗出楠材造戰艦卽此柟也蓋艸木同名異類者多如一杞而有三種一桐而有四類人多混摽有梅與此爲一盍將陸璣之疏參之

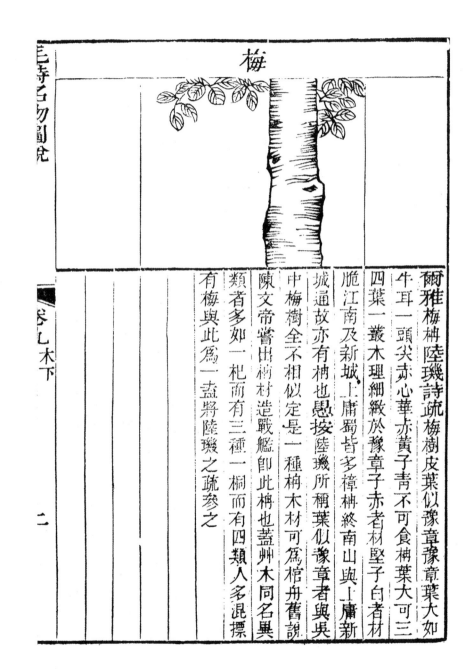

駮

晨風

孔穎達正義陸璣疏云駮馬梓榆也其樹皮青白駮犖遥視似駮馬故謂之駮馬下章云山有苞棣隰有樹檖皆山隰之木相配不宜云獸此言非無理也但箋傳不言愚按毛傳依釋畜文解駮曰如馬倨牙食虎豹則此獸名駮而言六者王肅云據所見而言也然陸璣謂駮爲梓榆並言山隰之木相配不宜云獸當矣但駮爲梓榆而六字無解范逸齋云必以六言意獸三爲羣六則非一羣言木之叢生望而視之亦若獸之群聚其文駮犖也

檖

爾雅檖蘿郭璞註今楊檖也實似梨而小酢可食陸璣疏一名赤蘿一名山梨今人謂之楊檖實如梨但小耳一名鹿梨一名鼠梨今人亦種之極有脆美者亦如梨之美者陸佃埤雅其文細密如羅故曰羅又有白者赤羅文棘白羅文緩雖皆文木赤羅爲上

枌

陳 東門之枌

爾雅榆白枌孫炎註榆白者名枌郭璞註枌榆先生葉卻著莢皮白色淮南子五月其樹榆張華博物志啖榆則瞑不欲覺寇宗奭衍義榆皮磑爲粉歉歲農以代食葉青嫩時收貯亦用爲羹茹愚按詩所陳榆者四唐風隰有榆統名也山有樞刺榆也秦隰有六駮梓榆也陳東門之枌白榆也榆性扇地其陰在下古人就以息焉故曰東門之枌婆娑其下

鬱

豳　七月

毛傳鬱棣屬劉楨毛詩義問其樹高五六尺其實大如李正赤食之甜本草一名雀李一名車下李一名棣生高山川谷或平田中五月時熟

棗

爾雅棗壺棗邊要棗櫅白棗樲酸棗楊徹齊棗遵羊棗洗大棗煮塡棗蹶洩苦棗晳無實棗還味稔棗邢爾疏壺棗者形似壺也邊大而腰細者名邊要棗白熟者名櫅味酢者名樲楊徹未詳遵羊棗俗謂之羊矢棗洗最大之名子如雞卵煮塡棗未詳蹶洩味苦之名晳者無實之名還味者短味也青史子棗北方之草冬木也埤雅剝擊也棗實未熟雖擊不落已熟則爛不擊自隋齊民要術所謂全赤卽收收法撼而落之爲上是也

樗

莊子逍遥遊吾有大樹人謂之樗其大本擁腫不中繩墨其小枝卷曲不中規矩陸璣疏樗樹及皮皆似漆青色其葉臭蘇恭唐本草椿樗二樹形相類樗木疎椿木實蘇頌圖經椿葉香可啖樗氣臭北人呼爲山椿江東呼爲鬼目葉脫去有痕如眼目故得此名

愚按椿葉今俗呼爲香椿樗木俗呼爲臭樹以其材止可供薪故曰薪樗

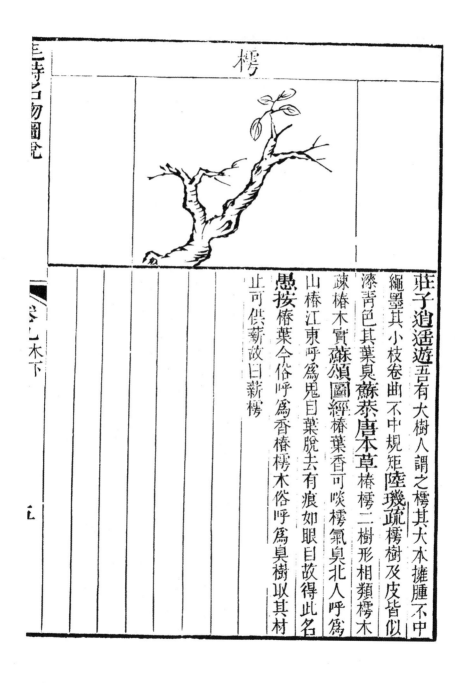

杞

小雅 四牡

爾雅杞枸檵郭璞註今枸杞也曰華子本草地仙苗即枸杞圖經春生苗葉如石榴葉而軟薄堪食俗呼爲甜菜莖幹高三五尺作叢六七月生小紅紫花隨結紅實形微長如棗核其根名地骨嚴粲詩緝詩有三杞將仲子無折我樹杞柳屬也有臺南山有杞湛露在彼杞棘山木也此詩集於苞杞杕杜北山言采其杞四月隰有杞桋枸杞也

常棣

常棣

爾雅常棣棣**郭璞註**今關西有棣樹子如櫻桃可食**陸璣疏**許愼曰白棣樹也如李而小如櫻桃正白今官園種之又有赤棣樹亦似白棣葉如刺榆葉而微圓子正赤如郁李而小五月始熟關西天水隴西多有之**鄭箋**承華者曰鄂不當作柎柎鄂足也**楊用修曰**鄂花苞也今文作萼不花蔕也今文作跗華下有萼萼下有跗花萼相承覆故得韡韡而光明**愚按**唐棣之華卽爾雅謂移也此詩常棣及采薇維常之華並爾雅所謂棣也今人謂常棣為唐棣者誤

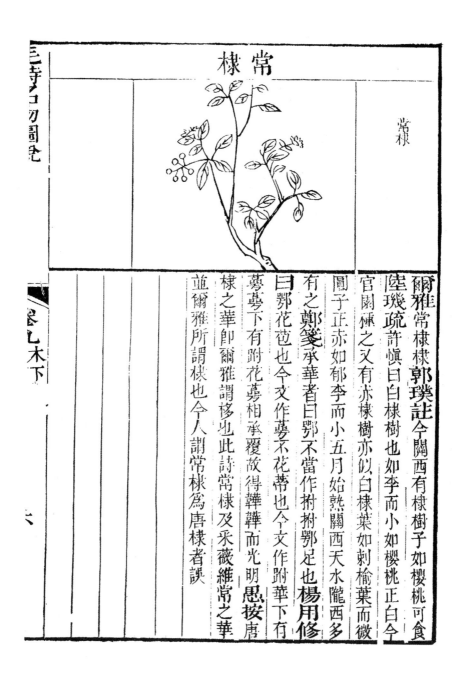

杞

南山有臺

陸璣疏杞一名枸骨山材也其樹如樗理白而滑可以爲函及檢板其子爲木蝱可合藥愚按此詩杞及湛露在彼杞棘梓杞也與前二杞不同互見前註

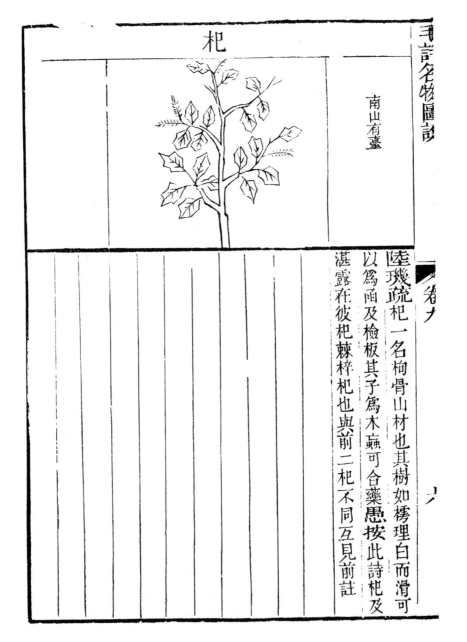

枸

古今注枳椇子一名樹蜜一名木餳實形拳曲核在實外陸璣疏枸枳枸也木高大似白楊山中皆有枝柯不直子著枝端大如指長數寸噉之甘美如飴八九月熟江南特美今官園種之謂之木蜜埤雅多枝而曲飛鳥喜巢其上宋玉賦曰枳枸來巢是也本草其樹徑尺葉如桑柘其子作房似珊瑚核在其端人皆食之

楰

爾雅楰鼠梓李巡註鼠梓一名楰郭璞註楸屬也今江東有虎梓陸璣疏其樹葉木理如楸山楸之異者今人謂之苦楸濕時脆燥時堅愚按鼠梓木似山楸而黑

榖

鶴鳴

張揖廣雅榖楮也陸璣疏幽州人謂之榖桑荊揚人謂之榖中州人謂之楮殷中宗時桑榖共生是也今江南人績其皮以爲布又擣以爲紙謂之榖皮紙段成式酉陽雜俎葉有瓣曰楮無曰構贊寧物類相感志其膠可團丹砂愚按楚人呼乳爲榖今木中白汁如乳故亦名榖吳俗取斧斫樹以椀盛汁用以團金呼爲榖樹汁惡木易生皮斑者爲楮白者爲榖其實赤如楊梅不可食

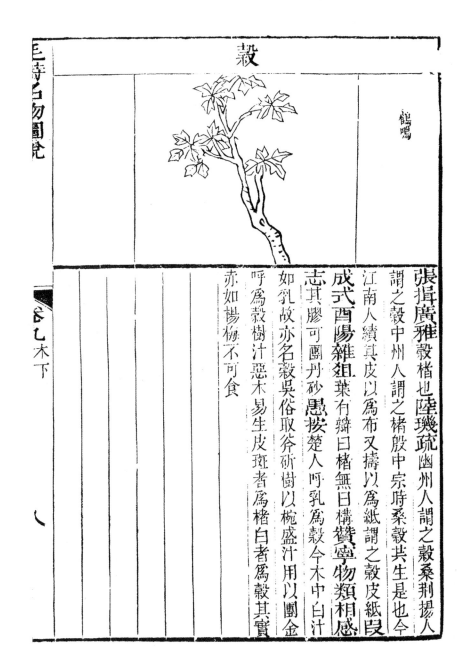

桋

爾雅桋赤楝白者楝郭璞註赤楝樹葉細而岐銳皮理錯戾好叢生山中中為車輞白楝葉圓而岐為大木陸璣疏楝葉如柞皮薄而白其木理赤者為舜楝一名桋白者為楝木皆堅韌今人以為車轂

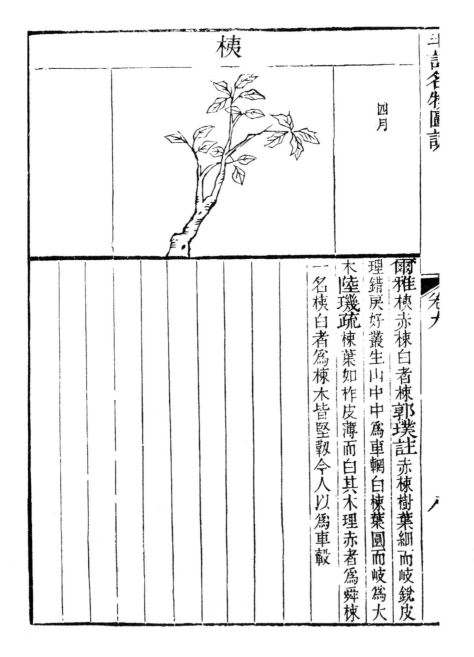

柞

車舝

許慎說文木也詩緝柞堅韌之木新葉將生故葉乃落附著甚固陳藏器曰柞木生南方細葉今以之作梳者是也愚按木幹有刺其材堅韌登高岡者析其木以爲薪爲其葉茂蔽高岡也以喻賢女得在后位必除嫉妬之女爲其蔽君明也葉最茂盛故采菽云維柞之枝其葉蓬蓬

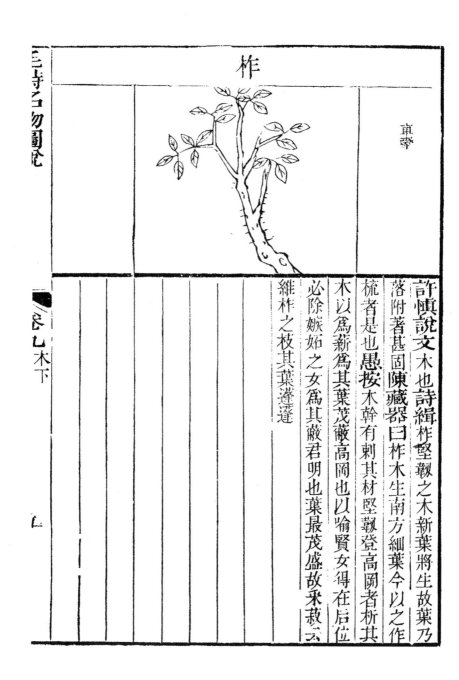

棫

大雅 緜

爾雅棫白桵郭璞註桵小木叢生有刺實如耳璫紫赤可啖陸璣疏王蒼說棫卽柞也其材理全白無赤心者爲白桵直理易破可爲櫝車輻又可爲矛戟矜今人謂之白梂或曰白柘蘇頌曰白木高五六尺莖間有刺愚按本草葉細似枸杞而狹長花白子附莖生紫赤色大如五味子華實蕤蕤下垂故謂之桵柞木亦名棫而材理實異

楛

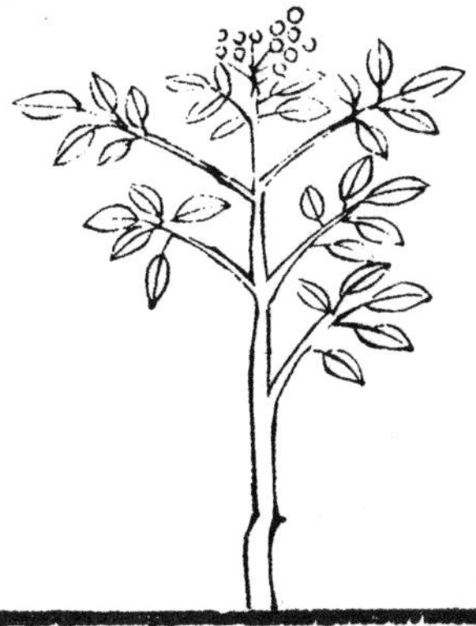

旱麓

周語韋昭註楛木名正義陸璣云楛其形似荆而赤莖似蓍上黨人織以為斗筥箱器又屈以為釵故上黨人調曰問婦人欲買赭不謂竈下自有黃土問買釵不謂山中自有楛圖經有青赤二種青者荆赤者楛嫩條皆可為筥筩古者貧婦以荆為釵即此二木也愚按古有蓍簪荆釵今吳人以黃楊木作簪即古之遺意蓍簪見韓詩外傳

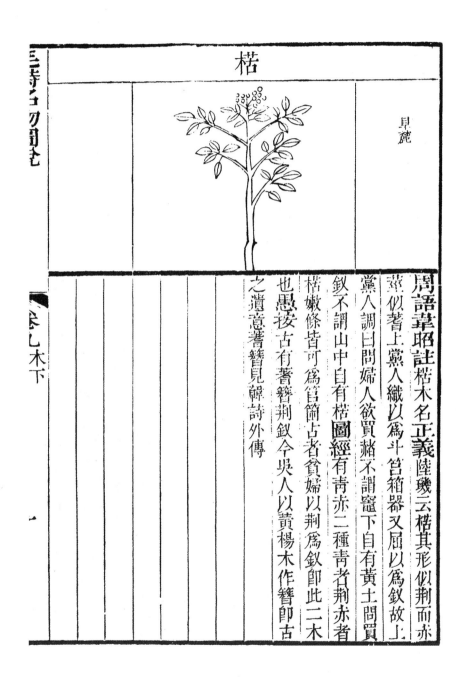

栵

皇矣

爾雅栵栭郭璞註樹似槲樕而庳小子如細栗可食今江東亦呼爲栭栗愚按邢叔明引芝栭爲證然內則云芝栭蔬芝屬也庾蔚云無花葉而生者曰芝栭一作檽木生者爲檽地生者爲菌則非此栭也所謂栵者今吳中呼爲茅栗

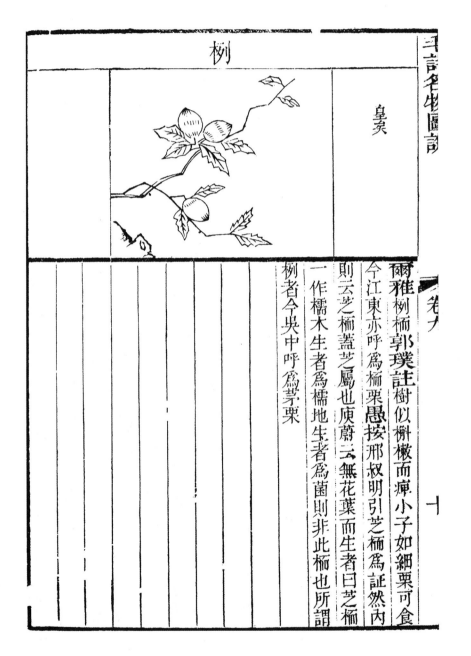

檉

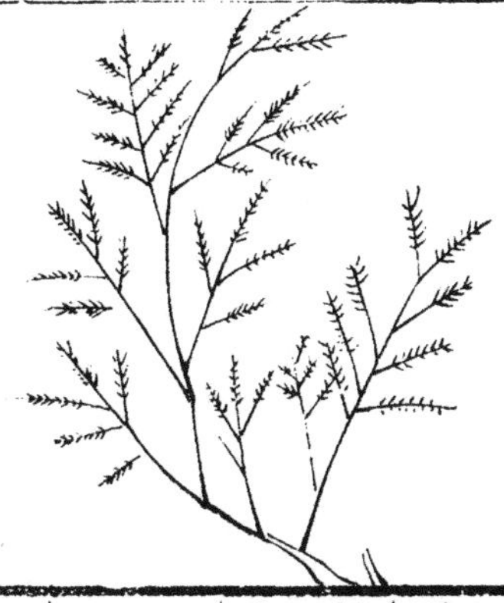

爾雅檉河柳郭璞註今河旁赤莖小楊陸璣疏生水旁皮正赤如絳一名雨師枝葉如松羅願爾雅翼檉葉細如絲婀娜可愛天之將雨檉先起氣以應之故一名雨師而字從聖詩疏廣要非獨知雨又能負霜雪大寒不凋有異餘柳江淹檉頌木貴冬榮檉實寒色衍義人謂之三春柳以其一年三秀也鄭樵通志大槩松杉之類而意態似柳其材可卷爲盤合

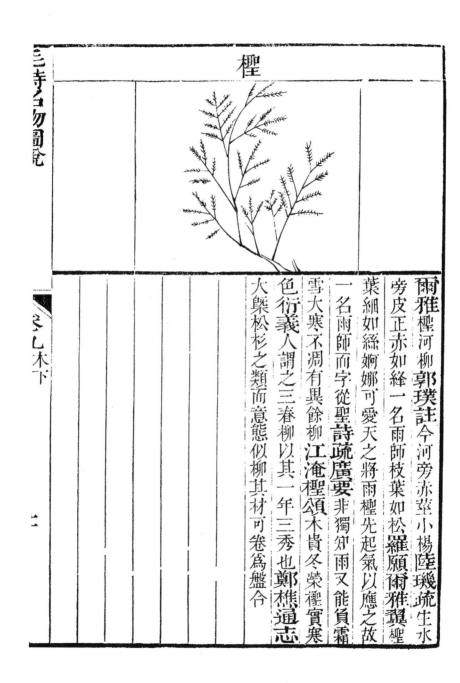

椐

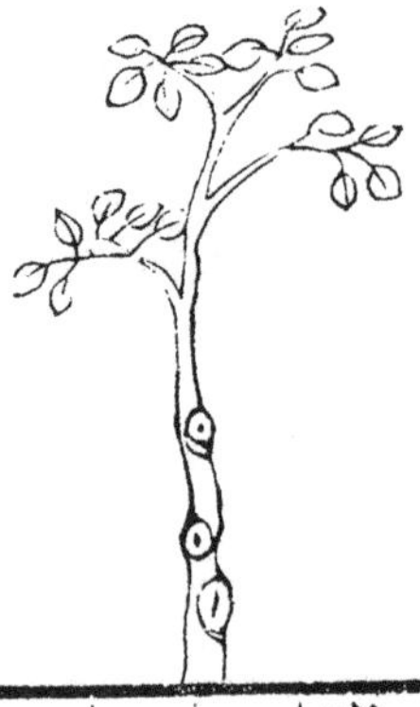

爾雅椐樻孫炎註樻腫節可以作杖陸璣疏節中腫似扶老即今靈壽是也人以爲馬鞭及杖弘農共北山甚有之漢書孔光傳賜靈壽杖顏師古註木似竹有枝節長不過八九尺圍三四寸自然合杖制不須削治令人延年益壽愚按本草一名扶老杖一名靈壽木葉圓而銳有華故山海經云靈壽實華

檿

爾雅檿桑山桑郭璞註似桑材中作弓及車轅考工記弓人取幹柘爲上檿桑次之禹貢青州厥篚檿絲註蠶食檿桑所得絲韌中琴瑟絃說文山桑有點文者朱子集傳檿山桑也與柘皆美材可爲弓幹又可蠶也

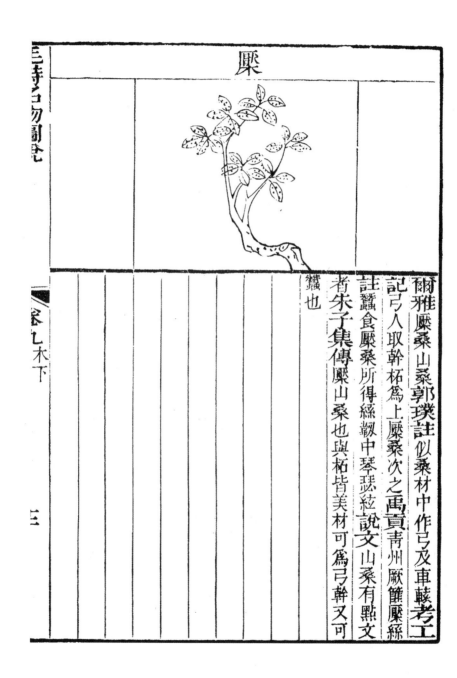

柘

淮南子八月其樹柘說文桑屬蠶書柘葉飼蠶爲絲中琴瑟絃清響勝凡絲埤雅柘宜山石愚按柘材可爲弓矢故考工記云弓人取幹柘爲上投壺云矢以柘若棘是也葉可飼蠶又堪染色本草云其木染黃赤色謂之柘黃天子服是也又季夏取桑柘之火見周書其實名佳崔豹曰桑實曰葚柘實曰佳

梧桐

卷阿

毛傳梧桐柔木也正義柔刃之木故曰柔木釋木云櫬梧郭璞云今梧桐淮南子說山訓梧桐斷角註柔勝剛也衍義四月開花五六月結子月令清明桐始華者是愚按花細墮地枝頭出絲筴長三寸許五片合成老則裂開如箕謂之橐鄂其子謂桐乳綴橐鄂上飛鳥喜巢其樹莊子所謂桐乳致巢也樹性高潔異於群木故禮說鳳凰非梧桐不棲

柏

商頌 殷武

爾雅柏椈王安石字說栢爲百木之長栢猶百也故从白六書精蘊柏陰木也木皆屬陽而柏向陰指西蓋木之有貞德者故字从白白西方正色也寇宗奭曰予官陝西登高望柏千萬株皆一一西指此木至堅不畏霜雪愚按柏有二種圓柏側柏其葉圓如針者即檜也詩衛風竹竿又一種側柏今吳中呼爲扁柏畫譜云柏樹癡身其材可作舟屋故詩曰柏舟此詩寢成孔安及漢武帝起柏梁臺皆是也

毛詩名物圖說卷九終

ISBN 978-7-5010-7479-2

9 787501 074792 >

定價：120.00圓